憑物語（ツキモノガタリ）

西尾維新
NISIOISIN

BOOK & BOX ORIGINAL DESIGN by VEIA

BOOK&BOX DESIGN
VEIA

ILLUSTRATION
VOFAN

第體話 余接・人偶

第體話 余接・人偶

O NON OK I YO TSUG I

001

斧乃木余接是人偶。換言之不是人類。不是人、不是生物、不是常物——這就是斧乃木余接，被當成式神使喚的憑喪神。

不過外表是可愛的女童。

雖然是面無表情以古怪言行捉弄周圍取悅自己的孩子，本質卻屬於怪異、妖怪、怪物、魑魅魍魎這種類型。

因此，她和人類社會極度難以相容。

「不，汝這位大爺，老實說，以那傢伙之狀況並非如此喔。」

我和忍聊到這個話題時，她這麼說。

在我的影子裡這麼說。

「因為那傢伙源自人類屍體，而且是人偶。換句話說，其外型參照人類、言行模仿人類。」

這……

這代表她是人類，想成為人類嗎？這麼想的我詢問忍，但依照忍的說法似乎不是這樣。

忍說，既然只是「參照」人類，就證明她並不想「成為」人類。

「參照」始終是用來混入人類社會的手段，是用來和人類社會相容的手段，也就是用來和人類社會同化的手段。

「再怎麼精通外語、學習到可以流利聽說讀寫的程度，終究是用來和外國人溝通之手段，不等於改變國籍之手段，此為相同道理。那傢伙模仿人類外型而打造，並非為了身為人或成為人，而是為了和他人共處。」

不是為了身為人，也不是為了成為人。

是為了和他人共處。

原來如此，外語的這個譬喻真是淺顯易懂。總之，雖然聊到國家差異就莫名有種國際化的感覺，不過要是將議題改為文化差異，對於我或是任何人來說，肯定就會變成平常會閒聊的話題。

要和不同文化圈的人建立友好關係，非得親自理解對方的文化。這就是俗話說的「入境隨俗」。

「到頭來，汝這位大爺沒想過嗎？為何怪異——妖魔鬼怪在傳承中總是人類或動物之外型？換言之，為何明明是非現實之存在，卻以存在於現實之物體為基礎？」

我沒想過。

說穿了，應該是因為人類的想像力有限吧？由於無法想像這些「不存在」的東西，無法將其視覺化，只好以「既存」的東西為基礎再加油添醋，「打造」出一個形體。

例如忍野忍的原型——姬絲秀忒·雅賽蘿拉莉昂·刃下心就是這樣。即使外型是吸血鬼，是美麗的鬼，依然是以人類為基礎。

長出翅膀，就會形容為「蝙蝠」。

長出利牙，就會形容為「狼」。

她是「吸血鬼」這種反常、超常存在的體現，實體卻始終是以現實的想像集合而成——抑或是理想化的存在。

畫不出來的美麗，絕對畫不出來。

看不見的美麗，絕對看不見。

接下來也是語言的例子。人們只能以自己所知的話語陳述現實。即使是筆墨難以形容的現實，或是話語無法描述的夢境，依然只能以筆墨形容，能以話語描述。

不過說穿了，真要說的話，這麼說也太直接了。人類以有限的想像力形容、決定怪異的外型，反倒是怪異嚥不下這口氣。在不同人的眼中各有不同，這種不穩定性確實是怪異的特徵，依照周圍環境變形也是怪異的特色，但怪異應該也想要一個確實的形體吧。

所以我什麼都沒說。

實際正以八歲金髮幼女外型存在於我面前的怪異——前吸血鬼的忍，我無法對她表示任何意見。

「到頭來，怪異必須有人存在、有人相伴才能存在吧。」

看透我內心想法，不只看透還刻意不提及的忍，對我這麼說。

「這番話之意思並非『怪異依賴人類而生存』，而是『沒有觀察者就沒有被觀察者』之意。」

這是什麼意思？

我以為她講的是「觀察者效應」這種理論，看來不是。她講的不是這種理性的論點，而是更加情緒化，也就是感性的論點。

「任何存在或行為，若是無人目睹就徒具空虛吧？無論是何種豐功偉業或怪異奇譚，若無人傳誦就等同於不存在吧？」

忍這麼說。

如同在回顧自己的歷史。

「吾雖然被稱為傳說之吸血鬼，但若沒有傳說就不是吸血鬼。同理，無人傳誦之怪異不是怪異。怪異奇譚非得是怪異之奇譚。」忍說。「不過，這不算是吾之價值觀與想法，比較像是那個討厭夏威夷衫小子之價值觀與想法。總歸來說，怪異是一種心態。」

心態——想法。

難道說，這是類似移情於娃娃的心態嗎？憑喪神或是俗稱「浪費妖怪」的這種怪異，堪稱都是以這種形式產生的。

聽說「萬物皆有神」或「八百萬之神」是日本特有的想法，不過，對於人類以外的生物或非生物產生同理心的例子，在世界各地應該都找得到吧。

所以怪異奇譚在全世界傳誦。

經由人類口耳傳誦。

這是其來有自，令人可以認同的說法。不對，是令我非得認同的說法。

我至今述說過各種怪異、各種怪異奇譚。

吸血鬼。

貓。

蟹。

蝸牛。

猴子。

蛇。

蜂。

不死鳥。

述說至今的我，非得認同這個說法。

而且，我現在又準備述說某個人偶的物語，但我確實也稍微覺得說太多了。

無論是都市傳說、街談巷議還是道聽途說，說太多就只會淪為平凡的閒聊，失去驚悚與誇大的感覺。回憶從第二學期第一天開始的「闇」之奇妙事件，或是年關期間千石撫子的「蛇神」之神靈事件，我不免有點煩躁，抱怨這種事究竟要永無止盡發生多久。接連遇見的怪異終於無法完全做出合理解釋的現在，我難免感到絕望。然而，這種心情很奢侈。

永無止盡。

世上不應該存在這種奢侈的事，我應該知道這個道理。不對，如今即使討論應不應該也沒用。

任何物語都終將完結。

哎呀哎呀，不得安寧的日常生活還會持續一陣子啊？即使不斷重複這種話，也遲早會達到極限。

因為接下來要述說的人偶物語，是我「早已知道」的事。被迫知道的事。

所以，這是終結的開始。

是名為阿良良木曆的人，名為阿良良木曆的我，開始終結的物語。

002

「哥哥，天亮了啦～！」

「差不多該起來了喔～！」

今天早上，我突然想思考鬧鐘的存在價值。坦白說，我並不喜歡「鬧鐘」這個詞或物體。從以前就不喜歡。完全不喜歡。不喜歡到近乎抗拒。從來沒有喜歡過。我不喜歡鬧鐘的程度堪稱無懈可擊。

不過，若問我為什麼這麼不喜歡鬧鐘，肯定會變得有點像是禪修問答。因為是鬧鐘所以討厭？因為討厭所以是鬧鐘？因為是討厭的鐘所以鬧？我愈想愈搞不懂。我希望這個世界的鬧鐘全部下地獄，這是毋庸置疑的事實，但我不認為下地獄的東西都是鬧鐘，一點都不認為。何況要是這個假說可信，就代表將來應該會下地獄的我也是鬧鐘。

自己可能是鬧鐘。

我不想對抗這種恐怖。

既然是假說，我就曾經想過一些事，請各位務必聽我說。這是非得說給各位聽的假說。為什麼我……不對，即使不到世界所有人的程度，但至少世上大半的人，大多數的多數派都將鬧鐘視為殺父仇人般厭惡、視為殺女仇人般憎恨？只要思考個中理由，腦海必然會浮現這種假說。或許不是假說，是真說。即使如此，如果將我察覺的事情當成世紀大發現一樣講出來，老實說我也過意不去，不過我覺得「鬧鐘（Mezamashi）」與「涼水壺（Yusamashi）」的日文語感很像，所以我才沒辦法喜歡鬧鐘。

用來將開水放涼的涼水壺。

將費心燒好的開水放涼。

徒勞無功，化為烏有。

違反熵增原理，甚至令人感到冒犯的這種行為，真要說的話和剛睡醒的不悅感相似，我覺得這就是我以及我們——全世界那麼討厭鬧鐘的原因。我將這個假說稱為「相似假說」。不只鬧鐘與涼水壺，人類會對語感相似的事物抱持相似的感想，套用相同的情感。要我舉幾個例子都行。例如「李小龍（Bruce Lee）」與「藍光（Blue — ray）」，各位肯定覺得兩者都很了不起。

不過，即使不提「相似假說」本身是否為真，以這個假說解釋人們討厭鬧鐘的理由會發生一些問題，我們非得承認這一點。首先，前面反覆強調過，討厭鬧鐘是全世界人類共通的症狀，所以在這種狀況，若要將所有原因歸咎於只在日文出現的「鬧鐘」與「涼水壺」相似現象，很遺憾地頗為牽強。雖然沒有詳細查過文獻，不過鬧鐘應該不是日本發明的。那麼接下來各位可能想將這兩個單字翻譯成英文，不過只要聽我說明第二個反證，各位就知道沒必要這麼做。

第二個反證是「無話可說的反證」，坦白說不只是第二反證更是絕對反證。若將調查範圍限制在語感相似的日本境內，從日本人的平均成長環境來看，學到「涼水壺」這個詞的時間不可能早於「鬧鐘」這個詞。

就是這樣的反證。

無話可說。

這麼說來，我到現在都不曉得「涼水壺」的正式用途。涼水的壺。我從名稱勉強猜得到這是用來將開水放涼的壺，但若有人問我這個東西的用途，我只能保持沉默。沉穩的緘默。而且如果堅持「相似假說」的立場，真要說的話，應該是鬧鐘害得冷水壺的形象變差吧，如此而已。

即使如此，我依然討厭鬧鐘。

前人說得好，好惡沒有理由，喜歡或討厭都沒有理由，不需要理由。即使如此，自己身為人類、身為人物，不希望被當成毫無理由就喜歡或討厭某個事物的小人物，這是不容置喙的事實。任何人都希望成為了不起的大人物。即使是牽強附會，也希望賦予某種理由提高自己的價值，我之所以抱持這種想法，絕非因為我只是凡夫俗子。

既然這樣，我之所以在這時候思考得更加深遠，堪稱因為我並非凡夫俗子。常有人說「不可能的是我，不思考的不是我」。不，我只是講得煞有其事，講這種莫名其妙又毫無意義格言的人，我應該是人類史上第一人吧。思想家當然應該認同先人的傳承，卻不應該將自己的愚昧怪罪給先人。

回到正題，鬧鐘。

鬧鐘，鬧人起床的鐘。

精明如我，我居然冒失忘記說明「相似假說」的第二法則。第一法則將語感擴大解釋到外表。外表相似的字會給予相似的感覺，令人判斷相似的兩者相同。如果第一假說是基於聽覺，第二假說就是基於視覺。

講得簡單一點，平假名的「め」與「ぬ」發音完全不像，但因為外型九成相同，給人的語感也不得不相似。「わ」與「ね」當然也是另一個例子。

而且以這個假說來看，「鬧鐘（目覚まし時計）」的「鬧（目覚まし）」和「沒自覺（自覚なし）」相似，真的是即使判斷兩者相同也不奇怪。「自」拿掉一個點就變成「目」，「な」從兩側壓縮應該會變成「ま」，這部分無須議論。

既然這樣，鬧鐘就等於沒自覺。

即使不是「＝」，也是「≒」。目前無法舉證否定這一點。

而且「沒自覺」這三個字……更正，這個詞，或者應該說這句台詞，總之無論是用來形容什麼、陳述什麼，「沒自覺」這三個字絕不是用在正向的意思。

說了什麼不重要，是誰說的才重要。這是世間常講，應該說講到不能再講的道理，不過「沒自覺」這句台詞無論出自哪位名人口中，無論是聽誰這麼說，基本上應該都是否定的斥責，進一步來說就是罵人吧。

你這個人沒自覺呢。

你應該沒自覺吧。

任何人被當面這麼說，應該不會覺得受到稱讚而高興吧。即使是自己師事的老師或師傅懷抱愛情這麼說，即使知道這是為自己著想的發言，肯定都難免有些不高興。

這種厭惡感或許和討厭鬧鐘的情感相通。這個想法非常符合邏輯，理智又合理，感覺毫無反駁的餘地。換言之，鬧鐘是沒自覺鐘。

不過，我遲遲沒將這個理論提交到學會，絕對不是客氣想要辭退榮譽，而是基於先前說的兩個理由。換句話說，「鬧鐘」與「沒自覺」的相似也是只屬於日文的現象，即使無法像是冷水壺那樣極端斷定，不過學到「沒自覺」這個詞的時間應該不會早於「鬧鐘」這個詞。

不，先不提這種關於單字的國語常識的學習順序，人類從某種待命狀態清醒之前，應該不會因為對任何事情沒自覺而被罵，這是可以隱約以直覺理解的事。雖然推理時仰賴直覺有些愚蠢，不過直覺這種東西不知為何挺靈的。

例如只要說「有種討厭的預感」就大致會成真，因為說來遺憾，「沒發生討厭事情的人生」或是「沒發生討厭事情的日子」不存在，人生中沒有這種日子。所以最好在早上起床之後就斷言「感覺今天會發生好事！」暗示自己，說出「有種快樂的預感」這種話。因為「沒發生快樂事情的人生」或是「沒發生快樂事情的日子」同樣不存在。何況光是一大早就處於能說這種話的環境，就足以把這天當成快樂的一天了。總之直覺很靈。話說回來，即使不用思考或是我來說明，好歹也隱約知道「鬧鐘」與「沒自覺」一點關係都沒有才對。

所以暫時忘記「相似假說」吧。

那是糟糕的玩笑話。是鬧腦的話題。

尋找和自己相似的人，大多是徒勞無功的行為，同樣的，尋找和鬧鐘相似的東西，應該也可以當成是徒勞無功的行為。既然這樣，就當成個別的個體來思考吧。俗話說「物以類聚」，如果將這句話解釋成「聚者皆同類」，鬧鐘不像是會和其他東西湊在一起，所以不可能有同類。這麼一來，鬧鐘必然是這個世界現存的唯一物體、唯一概念，必須從這個角度闡述，才能知道這種厭惡感的真面目。人類就是以這種方式變得聰明。

鬧鐘，鬧鐘，鬧鐘。

鬧鬧鐘鐘。

這個詞念久了，我這個極度平均水準的日本人會聯想到早餐，不過這反倒是令我愉快的聯想，而且我早早就決定再也不胡亂聯想，所以這方面我不再多說。

接下來才是要議論的問題。

鬧鐘的功能是「以鬧鈴叫醒人」，叫醒鬧鐘旁邊熟睡的人，叫醒「我」這個人。這是鬧鐘的定義，講得誇張一點是鬧鐘存在的理由。鬧鐘如果叫不醒人就應該叫做「不鬧鐘」。

講起來好拗口。

重點來了。

「叫醒人」這三個字令人感受到強烈的強迫感，我與我們肯定是因此而厭惡鬧鐘。到頭來，睡著的人只要扔著不管大致都會自然醒，我很不高興必須依賴機械清醒，真要說的話肯定很想發動盧德運動，不過更基本的問題在於：「人為什麼一定要清醒？」（註1）

一個人沒清醒，就代表他正在做夢，清醒就代表離開夢境，給人的印象不是很好，講白了就是很差。應該可以形容為「壞透了」。

現在的世界蕭條、不景氣，看不到未來。

正因為世間做不了美夢，所以好歹想在晚上做個夢，鬧鐘卻粗暴破壞這個心願。「他們」（我刻意將鬧鐘擬人化稱為「他們」）這種行徑難以原諒。人終將得知現實，所以不應該刻意叫醒夢鄉裡的人吧？

可以的話，我不想清醒。

註1　英國勞工破壞工廠機器，藉以反對資方壓迫與剝削的抗議運動。

不想睡醒。

也不想覺醒。

早上的問候語是「早安」，不過既然還早，就再讓我睡一下吧？人們基於情感難免會想這麼說。真希望早安的安不是「安好」，是「安眠」。至少昨晚對我說「晚安」的人應該要好好讓我安眠。睡前對我說「晚安」的人，到了早上卻對我說「早安」，老實說，我覺得遭到背叛。

背叛是讓人悲傷的行為。

到頭來，「天亮非得清醒」這種想法本身已經是墨守成規的觀念，這是證明過的事實。歷史證明了這一點。日本引以為傲的國際文化「動畫」大多在深夜播放，由此就能理解人類如今是夜行性生物，這是生物學家不久之後也會承認，已經不是玩笑話的穩固事實。念書與寫作業都是在深夜進行，人類成為夜行性生物之後將會進一步進化。這麼一來，今後人們對於太陽與月亮的想法或許會反轉。正因如此，不得不說鬧鐘是妨礙人類進化的惡鬼羅剎。

我能理解。

我能理解人們想依賴鬧鐘功能的心態。不過，人們應該在這時候鼓起勇氣和這個功能告別吧？訣別的時刻來臨了。

用不著再清醒了吧？即使一輩子恍惚度日，頂多也只會被一笑置之。無法引人發笑的人生反而才無聊吧？

不想看著大家的笑容活下去嗎？

所以，我們就對鬧鐘這麼說吧。

不是懷抱厭惡，而是懷抱謝意。

「謝謝，然後晚安。」

「不准睡～！」

「不准睡～！」

被打了。被踹了。

被戳了。被撞了。

而且招招精準命中要害。至於是命中人體多處要害的哪一處，由於列舉很麻煩所以在此省略，不過我必須透露大多是真的很要命的要害，否則無法和我接下來的痛苦模樣與行為連結在一起。

「哥哥，你光是不想起床就要講多少藉口啊？」

「何況我們不是鐘，是妹妹。是鬧妹。」

阿良良木火憐與阿良良木月火，我兩個妹妹如同凶神惡煞站在床邊這麼說。這裡的「凶神惡煞」不是比喻，不是用來讓言語變得更風趣的舉例，真的是凶神惡煞。她們以仁王像的姿勢對我表示不滿。

火憐是阿形像，月火是吽形像。

真有趣。

真希望廠商以她們的這個姿勢製作模型。

「沒關係啦。依照我這個博士提倡的相似假說，相似的話語會被判斷成相同的東西。」

「鐘與妹妹哪裡相似了？」

火憐口操關西腔踹飛我。火憐和關西毫無關聯，她的關西腔已經不只是腔調古怪，「哪裡相似了」聽起來好像「煮天然」。

這是哪門子的料理方式？

「鐘（Tokei）與妹妹（Imouto），這只是文字接龍吧？」

月火也這麼說。

這句話與其說是吐槽更像是打情罵俏，但我從這句話得到下一個（跳躍式）的靈感。

「我想到一個點子，要不要製作『鐘妹妹』的精品來賣？分針是火憐、時針是月火，而且早上會叫人起床喔，用的是喜多村小姐和井口小姐的聲音。」

「不准提到特定人物的名字！」

「哥哥，動畫已經下檔了喔，不會再出精品了。」

「這樣啊……」

真悲哀呢。

真悲哀的事實。

然而說來悲哀，我非得接受這個現實。

火憐與月火當然也是以動畫版本的方式叫我起床，看來她們也頗為不捨吧。

「唔～～～～」

雖然不是因為正視震撼的事實，不過和妹妹們聊著聊著，意識也差不多清醒恢復正常了，所以我從痛到蜷縮起來的姿勢改為伸直背脊的姿勢，就是那種女豹的姿勢。阿良良木曆的女豹姿勢。希望各位不要花太多時間想像。

「好，起來了。意識清醒了。」

我這麼說。

朝著鐘妹妹們……更正，朝著妹妹們這麼說。

「現在是幾世紀？」

「等一下，以為剛結束冷凍睡眠清醒嗎？」

「並沒有睡到跨世紀吧？」

我遭到雙引擎吐槽。

簡直是環繞劇院系統。

三人搭檔有兩人負責吐槽的組合也很稀奇。應該吧。

不過，我想進一步體驗這種稀奇的組合，所以我繼續和她們拌嘴，做球讓她們方便吐槽。

「既然我被叫醒，就代表特效藥開發成功嗎？」

「為什麼有人要冷凍睡眠到特效藥開發成功啊？」

「治療哥哥的藥還沒開發出來喔。」

有趣。

不過總覺得月火對於該尊敬的哥哥講得惡毒了些，只能進行不痛不癢平凡吐槽的火憐處境挺可憐的。

「核戰結束了嗎？」

「說這什麼話，核戰還沒結束。」

「咦……？」

火憐這句話令月火慌了。

我收回前言。

火憐搞笑失敗的時候，月火也會遭殃跟著搞笑失敗，這樣的月火處境才真的叫做可憐。

「嗯……不過，這樣行得通喔。阿良良木三兄妹的預告篇。」

「不，哥哥，就說了，動畫已經下檔。既然動畫下檔，也沒有預告篇了。」

「也沒有預告短片。」

吐槽真狠。

話說，連預告短片都沒有？

「這樣啊……那就回歸原點，赤手空拳從頭來過吧。」

赤手空拳的日文漢字是「裸一貫」，神原看到這種詞應該會很高興，總之我的心態大致是如此。

從頭來過。

只要努力，或許總有一天又有改編成動畫的機會。

「所以火憐，現在幾點？」

「一、二、三、四、五、六……嗯？」

火憐瞬間就順著單口相聲的調調這麼回答，不過她這個活在現代的國三女生似乎不太清楚原哏，沒講完就停住了。

這又是月火完全搭不上腔的模式。

看來雙人吐槽系統果然有瓶頸。

我放棄等待兩人回應，看向房裡的時鐘。順帶一提，我房間擺了四個時鐘，不過都沒有鬧鐘功能。

以前我也放過鬧鐘，卻被火憐的矯正拳——也就是正拳打碎。哇，原來鐵也可以像是報紙一樣輕易打爛啊……我當時大開眼界。

她說：

「叫醒哥哥是我們的職責！不准機械搶走我們的工作！」

就是這樣。

這妹妹的角色個性真神奇。

可以叫她「盧德妹」了。

既然每天早上要定時叫我，代表這兩個傢伙必須比我更早起，這明明絕對不是簡單的事，為什麼她們要當成人生任務背負呢……？

唔～對了。

記得是從國中開始吧？

我升上國中之後，這兩個傢伙就開始負責叫我起床……為什麼？為什麼這兩個傢伙要叫我起床？

大概是想取回失去的家族羈絆吧……既然這樣，羈絆是何時失去的？

剛睡醒的我，即使腦中隱約留著這種慢半拍的疑問，依然確認現在是六點。我看到時針與分針的夾角是一八〇度。

現在總不可能是晚上吧，所以當然是早上六點。此外，鑑於我並非接受冷凍睡眠，那麼今天的日期是……

「二月十三日嗎……」

我說出口進行確認。

這個房間有四個時鐘，卻沒有日曆。

明明叫做阿良良木曆卻沒有月曆，給人一種不以為然的感覺，不過我的生活並沒有這麼依循名字。

名不副實。

「是情人節的前一天呢。喂，妹妹們，準備好巧克力送我了嗎？」

「唔哇～」

對我這個妙問回以倒胃聲音的是月火。她的眼神如同看著枯萎的花朵。

「這個遺憾的哥哥……居然光明正大對妹妹討巧克力，太遺憾了。根本不是正常人的做法。人類進入最終形態就會變成這樣啊……」

「說這什麼話？頂多只是有點遺憾吧？」

「剛才那句話也遺憾至極，絕對不能講這種話。哥哥好可憐，你說交了女朋友也肯定是謊言，戰場原姊姊是你用一千圓時薪雇的臨時演員吧？」

「不准把戰場原當成臨時演員，那個傢伙不是拜金女。」

我雖然嘴裡這麼說，不過仔細想想，她對金錢的執著還算強烈。如果時薪是一千圓肯定率先行動、迅速行動。月火似乎知道這一點，露出一副得意的表情，而且是得意洋洋的笑容。「這傢伙明明是男友，卻對女友一無所知」這樣。

不過，我或許真的一無所知吧。

或許無知愚昧吧。

……即使除去這一點，我將戰場原介紹給妹妹們認識之後，她們的關係似乎很親密。月火尤其和戰場原合得來，相處得十分融洽。

照這樣看來，即使她們似乎沒準備送我巧克力，或許也會準備巧克力送給戰場原。

「原來如此……今後打算主打百合劇情嗎？妳們真會做生意。」

「我聽不懂哥哥在說什麼，聽不懂百合是什麼意思，聽不懂一百個合是什麼意思。何況如果要做生意，走百合路線還不如走ＢＬ路線。」

妹妹打的算盤真恐怖。

不愧是火炎姊妹的參謀。

早有預謀，老謀深算。

「話說哥哥現在不是在意情人節的時候吧？沒這種美國時間吧？」

火憐說著一腳踩在我身上。一直保持女豹姿勢——應該說一直在做起床伸展操的我，被她踩著背這麼說。

「距離大學考試剩下一個月耶？你知道嗎？不知道的話乾脆去死吧，你知道了嗎？

小心我宰了你哦？」

「咦？我沒必要被妳講得這麼狠，也沒必要被妳宰掉吧？」

雖然這麼說，不過從今天算起剛好一個月後的三月十三日，確實就是我阿良良木曆考大學的日子。

幸好我沒有在第一階段的會考就被刷下來。回顧當時的狀況，這個結果堪稱是奇蹟。與其說是結果更應該說是成果。要說低空飛過確實是低空飛過的結果與成果，所以說來遺憾，整體來看，也可以說門檻反而提高了……

「真是的，真是受不了，所以說哥哥真的是爛貨呢～」

火憐雙手抱胸這麼說。她講得超狠。

雖然經常在漫畫看到這種形容方式，不過我覺得現實世界應該沒什麼人會臭罵別人是爛貨。

「沒看到自己該做的事。只看到眼前或明天的事，完全沒看到一個月之後的事。對於未來毫無展望，閉上眼睛不肯正視。這麼沒展望要怎麼活下去？你這樣連死都不敢死耶？就算考上大學，今後苦頭也吃不完耶？光是想像就吃不消耶？讓我嘗到敗北的滋味真了不起啊，太了不起囉，你這個親善大使。」

「親善大使……」

世間遭受此等臭罵的人類大概也只有我吧。雖然國中與高中有所差距，不過同為三年級，卻因為就讀直升學校所以幾乎沒有也不用為了升學而念書的火憐大小姐，面對我的時候總是把架子擺得很高。

她的身高本來就比我高（而且難以置信，這傢伙還在發育！逐漸長得不只比我高，而是比周圍任何人都高），如今連架子都擺得比我高。

差距大到這種程度，感受到的就不是自卑，而是快感。被高大妹妹踩在腳下的我，生活態度與人生觀也備受踐踏，而且么妹全部看在眼裡。

「好了，快給我起來用功吧，鞭策一下自己吧。」

「現在確實是最後衝刺的時期，但我覺得還不到鞭策自己的時候……而且妳要是太大意或許也沒辦法升學，可以只擔心我嗎？」

我說著扭身改變姿勢，抓住火憐踩在我身上的腳。雖然理所當然，不過身高很高的火憐腳丫子也很大，感覺兩手都包不住。

「哼，我要搔妳癢，看招！」

「哈哈哈，沒效喔。我有在鍛鍊，所以腳底的皮很厚。」

「哼，那我就舔吧，看招！」

「嗚啊！」

我究竟是真的舔下去，還是火憐在我舔到之前縮回腳，為了維護我們兄妹的隱私權就刻意保密吧，總之火憐收回腳了。我至此得以自由行動，所以下床。

如今我完全清醒。

毫無睡意。

我意志薄弱，一個不小心就會睡回籠覺，不過妹妹們鬧我這麼久，我完全錯失了睡回籠覺的時機。

叫我起床的兩人似乎也感受到這一點。

「看來沒問題了。」

火憐說完滿意地點頭。

光是叫哥哥起床，就洋溢一股完成豐功偉業的氣息。

這種自我肯定真了不起。

「那我去慢跑了，慢慢跑一跑。幫我放熱水吧，熱到會燙傷的水。不然哥哥要不要和我一起跑？」

「我不可能跟得上妳的速度吧？妳的慢跑根本是百米短跑，而且是馬拉松的長度，四十二・一九五公里。去找神原跟妳跑吧。」

「其實在慢跑時間，我真的曾經和神原姊姊擦身而過喔。」

「這樣啊。」

回想起來，那個值得疼愛的可愛學妹，每天早上會衝刺十公里兩次。即使不到全馬的程度，卻也是半馬了。那麼從機率來看，應該曾經和火憐的馬拉松擦身而過……

雖然類型不同所以不能一概而論，不過神原與火憐，誰的體力比較好？

「那我出發了～哥哥，我不在的時候，你應該會很寂寞吧，不過接下來就在早餐時間重逢吧。你要是缺席，就會直接召開缺席法庭喔！」

「妳要審判我什麼？」

不過，我心裡並非沒有底。

搞不好不是被當成罪犯審判，而是被當成魚大卸八塊。

「再見！哥哥老爸！」

看字面大致知道這是在模仿，卻因為一點都不像而令我懷疑只是巧合。火憐留下這樣的台詞之後離開我房間。用跑的。她要慢跑、百米短跑或是馬拉松都不關我的事，不過從家裡就開始助跑離開的傢伙，全世界大概也只有她吧。

反正她是不需要換裝的運動服女孩。

我想到可以簡稱「運女」，但應該不會流行。

「火憐頭髮留長了耶～」

獨自留在我房間的月火，目送火憐離開之後這麼說。

「愈留愈長耶～她在暑假自斷馬尾的時候嚇我一大跳，不過大致留回來了，正在恢復中耶～發育快的孩子，頭髮果然也長得快嗎？」

「嗯，說得也是……」

「自斷」這種形容詞像是蜥蜴自斷尾巴，聽起來有點恐怖，不過並非和事實不符。總之，火憐的馬尾確實大致留回來了。雖然終究稱不上恢復原狀，但至少留到可以綁一條短馬尾了。

「沒妳這傢伙這麼快就是了，月火。」

「也沒你這傢伙這麼快吧，哥哥？」

「妳這傢伙，不准這樣叫我。」

先不提我發動哥哥的強權多麼幼稚，不過月火與我現在的頭髮長度，確實可以形容為異常。

月火從以前就經常換髮型，但現在不曉得是什麼心態，或是她內心發生什麼事，她從某個時期開始一直留頭髮。若以月火的身體當量尺，如今她的直髮幾乎長到腳踝。該怎麼說，搭配她愛穿的和服，就像是以頭髮當武器戰鬥的女忍者。是女忍者月火。

是月影。

至於我自己，原本只為了遮住「脖子」而留的頭髮，從地獄般的那個春假至今約一年，雖然沒有長到腳踝，但也留得很長了。髮尾大概落在背部中央，綁得出火憐以前的那種馬尾。

改天剪吧，明天剪吧，反正遲早會剪就用不著現在剪。像這樣反覆拖著拖著就變得不得了。

真是不得了。

「哥哥，先不提我，你最好在考試之前剪吧？不然面試會給人壞印象吧？」

「沒有面試這種東西，大學考試沒有面試這種東西，又不是打工。唔～不過監考老師會留下印象吧？應該會吧？傷腦筋。何況我也不是喜歡才留長，甚至很想剪短，不過我准考證的照片是這個樣子，現在剪頭髮會差很多吧～」

我摸著沒有亂翹的頭髮說。

「總之，我考完就會剪。痛快剪短。」

「我光看就嫌熱了啦～雖然現在是冬天。」

「妳沒資格這麼說。妳的頭髮根本是風衣了……唔～」

我不經意朝月火伸手，用力摸亂她的頭髮。髮量好誇張。該怎麼說，雖然推託不是好事，但我覺得因為這傢伙頭髮留這麼長，才使得我的感覺麻痺。嗯，就像是「兩根棒子擺在一起，哪根比較長？」的那種狀況。

不過月火的頭髮大約比我長一倍……

「那麼……我去幫小憐放洗澡水吧。大清早花費勞力、空出時間、鞭策這具衰弱的身體，特地為了那個傢伙放洗澡水吧。」

「講得有夠賣人情耶，哥哥。這是在強迫推銷人情耶～」

「雖然那個傢伙的身體鍛鍊得像是鋒利的日本刀，不過依我的犀利考察，她好像沒加入社團。」

阿良良木火憐是空手道女孩。

以流行的說法就是空手妹（流行？）。

既然這樣，她應該加入空手道社或是其他運動社團吧……對於妹妹毫無興趣的我，至今從來沒想過這種事，也從來沒想像過這種事，現在卻突然在意起來。

「火憐不能加入社團喔～真是受不了，哥哥什麼都不知道呢。」

月火一副得意洋洋的樣子。

這傢伙喜歡教人，就某種意義來說很親切，但她加上這種態度就令人不悅。

反正月火惹火我也不是新聞了，晚點再好好修理她一頓，我現在比較在意火憐不能加入社團的原因。怎麼回事？

「為什麼小憐不能加入社團？這我完全是第一次聽說。妹妹居然有我不知道的事，我絕不能允許。她被列入黑名單嗎？還是火炎姊妹的活動太忙了？」

如果是後者，我認為非得立刻禁止她們以火炎姊妹的身分活動。我終於找到藉口禁止了。

「錯了錯了，是空手道場的規定。門徒禁止參加社團，因為那邊是實戰派。是超實戰派。是派。」

「……？我聽不太懂耶？」我歪過腦袋。「妳也是我妹妹，所以給我好好說明，讓我這個哥哥聽得懂啦，妳這個愚者。The Fool。」

「架子擺真大……雖然我的態度也誇張透頂，不過哥哥的態度誇張到過分，超殘酷，沒常識。哎，你想想，練武取得段位，或是擁有職業拳擊手執照的人，一般來說不是會被當成隨身攜帶凶器嗎？這是同樣的道理。」

「啊啊……一般來說確實是這樣。」

唔～……

我聽過這種普遍的說法，不過，總之，我知道火憐為何不能加入社團了。總歸來說就是會違反道場的規定。

實戰派。

超實戰派。

這樣的形容令我似懂非懂，我不知道實際上是什麼狀況，不過我親身體驗過她的空手道招式，所以不得不同意。那種招式用在平凡世界，似乎會瓦解各方面的力量平衡。

至少我沒想過和手刀能貫穿雜誌的傢伙過招。會這麼想的應該只有同樣做得到這種事的傢伙，也就是相同道場的自家人吧。

「啊，不過這麼說來，這件事我早就聽過了。因為妹妹的事不重要，所以我忘記到現在。」

「叫我說明之後卻這樣？」

「我順帶想起來了……我一直想找個時間去見那個傢伙的師父，得回收這個伏筆才行。只要回收這個伏筆，就堪稱回收了所有的伏筆。」

「但我完全不這麼認為……」

「不過，總覺得很浪費呢。該說可惜嗎？小憐的那種體力、那種肉體強度、那種軀體威力，居然不能公諸於世，必須埋沒在火炎姊妹的非法活動裡……」

「並不是非法。」

月火如此主張，但我當作沒聽到。

沒被當成非法行徑，是因為她們是女國中生，她們的活動內容已經超越合法的範圍了。

是法外範圍。

順帶一提，就我看來，她們的行為甚至不算是正義，不過和妹妹討論這個議題會沒完沒了，用盡體力依然沒完沒了，所以這次就簡單帶過吧。

不過即使從這種觀點來看，即使大發慈悲不追究正義與否或活動的意義，我還是想對火炎姊妹的活動抱怨幾句。

「小月，小憐的那種天分被埋沒，妳不覺得可惜嗎？」

「喵?」

「雖然比不上我，但那個傢伙確實是才華洋溢的人。妳不覺得應該讓她站上公開舞台嗎?別被道場或是火炎姊妹束縛，對，就朝著奧運好痛!」

腳被踩了。

而且不是可愛的踩法，月火是以腳踝踩爛我的小趾甲。精準的單點攻擊。形容成「踩爛」不是誇大，是事實。因為趾甲裂了。

「妳做什麼啊!」

「咦?因為哥哥講得讓我火大……」

月火瞬間達到巔峰的情緒似乎已經冷卻，一臉詫異地回應我，看起來對於自己的行動不抱持任何疑問。

「敢撕裂火炎姊妹羈絆的傢伙，即使是哥哥也不可原諒。」

「咦~……妳之前不是也考慮過解散嗎?不是說要邀請我參加滿是女國中生的解散派對嗎?」

「聽別人這麼說會讓我火大。」

這個妹妹總是直言不諱。

真危險。Dangerous。

「真不爽。什麼嘛，奧運算什麼?那種活動已經是老套了吧?畢竟每屆都是在做類似的事情。」

「不准說傳統是老套，不准說四年一次的盛會是老套，不准數落奧運。妳以為妳是誰啊？」

「總之，用不著你這個哥哥說，火憐確實遲早會退出火炎姊妹。」

緊接著，月火講出這種冷靜的感想，所以這個妹妹很難搞，討人厭。

「畢竟升上高中應該會發生各種事、遭遇各種事吧，而且環境也會改變。不過就算這樣，我覺得火憐還是會繼續去道場，因為火憐完全迷上師父了。」

「是喔……」

怎麼回事？

得知妹妹迷上我素昧平生的對象，我的內心就無法平靜。看來即使不提回收伏筆這種事，最好也得見那個師父一面。這是為我的心理衛生著想。

「師父應該也不太願意放走火憐吧。因為那個人比哥哥更欣賞火憐的身體能力。」

「妳說什麼？比我更欣賞小憐？混帳，以為自己是誰啊？那個師父知道小憐的舌頭多軟嗎？」

「不，我覺得應該不知道……但你什麼時候知道火憐的舌頭多軟啊？」月火瞪向我。「為什麼哥哥精通火憐口腔的魅力？」

「唔……」

不妙，看來是時候撤退了。

到此為止。

反正這只是閒聊，我不覺得這天早上的平凡閒聊可以決定火憐今後的進退。總之月火依然不在意解散火炎姊妹，依然沒忘記當時說的那番話。光是確定這一點就是一大收穫。

哎，雖然還不曉得我這次考試的結果，還不曉得我這次考試的後果，但是無論如何，再過不久，我身邊環境的變化肯定更勝於火憐。

在這之前，還有火憐與月火的問題。

想為這兩個妹妹的未來鋪路。很意外的，我並非毫無這種做哥哥的心態。

是的，火炎姊妹也差不多該清醒了。

我也是。

003

阿良良木火憐與阿良良木月火，別名「栂之木二中的火炎姊妹」的兩個可恨妹妹，不知道是出自親切、基於習慣、源自惡整，還是想要爬到我這個哥哥的頭上，抑或是沒有任何原因，總之早上會來叫我起床。如同在夜間散步般在早上叫我起床。無論是上學日、星期日還是國定假日都一視同仁，幾乎當成天職，當成賭命的事業叫我起床。

我曾經嫌煩而對妹妹們大發脾氣（主要是高一那時候），不過她們只在這一點不屈不撓。後來即使遭到何種待遇，即使被我當成空氣，連看都不看一眼，她們依然會叫我起床，甚至讓我覺得暗藏某種執著。

反正最近，也就是在這段時間，我非得專心準備考試，偶爾會用功到深夜，所以在這種時候，我很感謝兩人的「鬧鐘服務」，現在也是由衷感謝。應該說只要回顧以往，我總是一直很感謝。

我也已經長大到可以感謝這種事了。

只是在二月的這個時期，高三的我已經不用上學，說穿了不用這麼早起……考量到效率與健康問題，每天的睡眠必須充足，所以沒必要執著於早起，不過想到至今約半年一直接受這份恩惠，我也不能冷漠拒絕，而且就算冷漠拒絕，她們也絕對不會作罷。不只是準備大學考試，我從高一後半整整兩年經常遲到、缺席或早退，連是否能畢業都是問題，拯救我脫離這個危機的正是火炎姊妹，我想到這裡就不能冷漠拒絕。

先不提正義之類的問題，她們持之以恆的鬧鐘服務確實立下無法忽視的功績。

協助我提升學力應考的無疑是羽川翼與戰場原黑儀兩人，不過協助我畢業的同樣無疑是阿良良木火憐與阿良良木月火兩人。想到這裡就難免想稍微報恩，這是人情使然。

是人之常情。

話先說在前面以防萬一，並不是因為我萌妹妹。

那種東西只存在於漫畫（這句話我不曉得講幾次了）。

這反倒是心理學的禮尚往來原則，肯定如此。人只要接受他人的恩惠就會想要回報，這是一種「天性」。

只看這段文字，會覺得人類似乎是公平的生物，秉持公平的精神，但實際上沒這麼高尚，總歸來說就是「欠人情感覺不太舒服」。

受人恩惠就想償還人情求個心安，或是多還一點人情，讓自己位居優勢。總之就是這麼回事。

正因如此，火憐與月火每天叫我起床的這半年……不對，應該是這六年的人情，我覺得該還了。

以哥哥的身分，為她們的將來著想。

「總之，火憐擁有那樣的軀體、那樣的肉體美，就算我不用特別費心，將來應該也會成為大人物……扔著不管也會嶄露頭角吧，不過……」

我輕聲說著走下樓。

隔牆有耳、隔門有眼、隔影有吸血鬼。

不曉得誰會聽到我說話，所以我刻意沒說完。嗯，我擔心月火。

阿良良木月火。

我頗為認真擔心她的將來。

不得不關心。

不得不操心。

我完全無法想像那個傢伙明年這時候在做什麼……雖然她腦子轉得快，卻把這個機靈的腦子用在完全錯誤的地方。

轉得快卻是空轉。

阿良良木火憐是火炎姊妹的戰鬥員，應該說她具備過度的暴力，是超規格的兵器，說穿了是萬能的邪惡暴力。反過來說，火炎姊妹的參謀阿良良木月火是靠著這個兵器才能正常運作……要是行動的自由度增加，我無法想像那個傢伙會想出什麼策略，應該說我根本不敢想。

講得任性一點，那個傢伙要怎麼度過人生是那個傢伙的自由，但我還是希望避免發生媒體找上門採訪我的狀況，這也是人之常情。

是的。

綜合各種因素考量，即將高中畢業的我，現在該做的事當然不用說，首先就是大學考試的最後衝刺，其次則是協助妹妹們改頭換面，尤其是月火。

雖然還沒有具體和父母討論，不過如果我考上大學，我應該會離開這個家。到時候，我實在不忍心留下那對妹妹。

身為哥哥，這似乎也是不負責任的做法。

與其說是身為哥哥，不如說身為人？

再三強調，那兩個傢伙將來變成怎樣都和我無關。雖然無關，雖然放任她們過自己想過的人生，但我還是得盡力而為，以免之後被追究責任。

所以在今天，我先為遲早會汗流浹背返家的火憐放熱水。

沒有喔，我沒有不負責任喔，完全沒有放棄責任喔，因為你看，我好心為了那個傢伙放熱水呢！我想到可以大方講出這種話就春風滿面。

咯咯咯。

調整成那個傢伙喜歡的水溫吧。

我不應該壞心眼這麼貼心的。火憐喜歡的水溫是快要燙傷的溫度，也是我喜歡的水溫。我清理浴室，準備好舒適的環境之後，我也想洗澡了。

或許有人會說我明明沒跑步卻一大早就洗澡很奇怪，不過據說人類睡覺時流的汗大約是一個杯子的量。既然這樣，即使沒有晨跑，肯定也想在早上洗個澡。何況這不是今天才有的念頭，在用功準備考試的這段期間，早上起床（被叫醒）之後先沖澡提振精神，對我來說並不是什麼稀奇的事。

「…………」

沒錯。

當年的戰國武將，每次用餐都要先由好幾個人試毒，因此武將用餐的時候，餐點早就涼透了。這代表武將的生命就是如此受到重視。這個傳聞可能使得過於謹慎而吃不到美食的悲哀武將淪為笑柄，但實際上並非如此，這只是和平現代人的高姿態想法。肯定有試毒的人因為這個程序而喪命。武將的雙肩與勇健就是背負著這麼多的生命。

知古鑑今，既然我真的想珍惜火憐，真的擔心她的身體與將來，那我真正應該為她做的事，就不是放水讓她第一個洗澡，而是先洗澡確認有沒有危險。

在本應安全的住家裡，浴室是最容易發生死亡意外的場所之一，將慢跑回來的火憐送進這種危險地帶之前，我必須先確保安全。不得已，泡澡水的試毒工作就由我負責吧。

所以，我決定洗澡。

決定痛快洗個澡。

哎呀~做哥哥的真辛苦呢，明明不想洗澡卻得為了妹妹洗澡……我立刻在更衣間脫起衣服。

不過在這個時候……

「啊……」

月火現身了。

而且是半身赤裸，也就是半裸現身。看來她將身上的浴衣脫掉扔在走廊再進入更衣間。她總是這樣，想到就會當場脫衣服，和服難脫的程度造成反效果。至於亂丟的浴衣由誰收拾？當然是月火以外的某人（主要是我）。

月火就這麼半裸狠狠瞪我一眼。

「哥哥透爛了！」她說。「不對，爛透了！說什麼要幫火憐放洗澡水，卻打算自己先洗吧！爛透了，爛透了，爛透了，爛透了！」

「慢著，看妳這副模樣，看妳這副不像話的模樣，我覺得妳想做的事和我一模一樣……」

而且妳沒準備洗澡水，而是打算霸占我幫火憐準備的洗澡水，所以更惡劣。不只如此，居然還先找我算帳，我真的很擔心這傢伙的將來。

話說，這傢伙竟能以這種個性平安活了十四年。

無論如何，月火的新陳代謝很好，講白了就是容易流汗，所以一有機會就想洗澡，和哆拉A夢的靜香一樣。

她應該是抓準這個大好機會現身的。

這個無孔不入的傢伙。

無孔不入的厚臉皮傢伙。

「總之哥哥，借過，我要進這間浴室洗澡。如果敢妨礙，就算是哥哥也會吃不完兜著走。」

「妳這傢伙，只不過是搶洗澡順序，而且只是搶早上洗澡的順序，為什麼要講這種可能害兄妹關係出現裂痕的危險台詞啊……」

好恐怖。情緒完全隨著所處的環境起伏。

「因為我已經完全處於洗澡的心情啊，雖然身體還在這裡，靈魂卻已經泡在浴缸裡了。」

「別亂講，浴缸的水肯定還只有半滿。」

「已經追加我的體積了。」

「女生不准拿體積來炫耀。」

不過，我也已經完全處於洗澡的心情，不肯讓她先洗。哎，雖然我不像月火已經把靈魂泡在浴缸裡，我的身體與靈魂都還在這個更衣間，但若妹妹要我讓出浴室我就乖乖讓給她，我這個哥哥會丟盡面子。

哥哥推開想洗澡的妹妹先進浴室洗澡，稱得上是極為正當的做法，但是反過來的狀況不可以成立，否則只能說做哥哥的我沒盡到責任。

所以我非得挺起胸膛（順帶一提，我現在上半身赤裸，呈現半裸哥哥面對半裸妹妹的對立構圖），對月火放話。

「妹妹啊，如果無論如何都要洗澡，就先打倒我這個哥危險！」

我在千鈞一髮之際，躲開她毫不猶豫扔過來的洗髮精瓶。這個囂張的國中生居然擁有自己專用的洗髮精。相較於搞不好是用香皂洗頭的火憐，月火在這部分挺時尚的，不過真正的時尚女孩不會朝著別人臉上扔出旋轉的洗髮精瓶。

「嘖！」

而且時尚女孩不會咂嘴。

話說，這妹妹真的好恐怖。

她在想什麼？她什麼都沒想嗎？

「很危險吧！這是做什麼啊？」

「因為哥哥要我打倒你。」

「不對不對，我說的『打倒』是精神上的意思，肉體這方面反而不能打倒，要尊敬到下跪臣服的態度。」

「真麻煩耶……」

月火說著關上身後的門。雖然沒上鎖，但她似乎藉此表示自己絕對不會離開這裡。

接著她走過來撿拾剛才飛到我身後的自用洗髮精，而且就這麼不經意地以行雲流水的動作要進入浴室，所以我連忙擋住她。

我以男子氣概挺身而出。如同保護受傷的孩子們，堅守浴室入口。

「想通過這裡就好恐怖！」

這次是以手指插我眼睛。

插眼睛這種行徑，是初期的戰場原才可能進行的攻擊（其實真的插過）。

而且戰場原是因為懷抱著煩惱與問題，才會變得個性頑強充滿攻擊性，不過月火只是想洗澡而已。

「哥哥，差不多鬧夠了吧？洗澡水也放得差不多了，哥哥的職責結束了。」

「這也是絕對不能說的台詞。」

「借過。」

「不要。」

我也不曉得這時候為什麼要固執成這樣，但我不願意排在妹妹後面，更不願意屈居在妹妹下面，我只憑藉這份身為哥哥的自尊站在這裡。

不過也可以說我怕到軟腳動不了。

因為……月火她當真狠瞪我耶？

這傢伙明明不是病嬌，卻病得很嚴重。

從病嬌除去嬌的要素，只是普通的病人吧？

「這洗澡水是我放的，所以我有權利第一個洗。」

「哥哥，我已經大發慈悲讓你幫我放洗澡水了，你就此滿足吧。」

議論沒有交集。

而且甚至不算是議論。

沒有共識，真要說的話，我們如今隨時會扭打成一團。

到頭來，「為火憐放洗澡水」這個前提，不曉得消失到哪裡去了。

而且在這個時間點，正在晨跑的火憐已經從我倆的腦海消失得一乾二淨。

那個傢伙在享受清爽的晨風時，我們卻在進行難分難解的兄妹大戰，也就是所謂的骨肉之爭，所以阿良良木火憐或許是我們三人之中的最大贏家。

只可惜，火憐遲早也會晨跑回來，為了沖洗汗水而來到這個更衣間——汗流浹背地瀟灑登場。

要是成為三國鼎立的戰鬥，勝利者肯定是火憐。從狀況來看，她肯定會滿身大汗登場，在任何人眼中都非得首先洗澡；若要以實力對決，我就算和月火聯手也贏不了她一條手臂。

我與月火目前之所以勢均力敵，無疑是因為我與月火在戰力上勢均力敵。我是男生，力氣當然是男生的等級，但月火擁有我所沒有的瘋狂，毫不猶豫攻擊人體要害的瘋狂。

換句話說，我們勢均力敵。

這麼一來，在我與月火維持勢力均衡時，滿身大汗登場的火憐將會坐收漁翁之利，這樣的未來清晰可見。而且這應該也是月火清晰看見的未來。

這個妹妹並非連這種道理都不懂，她不是做事不顧一切的人。更正，她做事基本上不顧一切，不過腦子轉得有夠快，肯定比我先預見這樣的未來，只是因為她不太能控制情緒，導致她的反應和現在才察覺這一點的我沒有兩樣。

「好，哥哥，我知道了。折衷一下吧。」

「折衷？」

妥協方案嗎？

喔喔，原來如此。很像參謀會做的提議。

畢竟一般來說，戰爭都是在一開始定下底線。

不過在這種狀況，我與月火之間的底線——妥協點在哪裡？真要說的話，首先洗澡的權利是僅此一件的商品，搶這種商品是零和遊戲，其中一邊獲勝，另外一邊肯定會敗北。既然這樣就肯定沒有妥協點或妥協方案。

不過，月火終究了不起。

個性如此棘手至極的她，可不是平白無故成為國中生之間的教主。火炎姊妹中的參謀，對我提出一個普通參謀絕對想不到的建議。

「折衷一下，我們一起洗吧。」

004

折衷了。
不知為何，我和月火一起洗澡了。
「為什麼……」
這是什麼原因？
為什麼變成這樣？
這堪稱是彼此僵持不下的結果。
雖然不想說是「堪稱」，但堪稱如此。
「咦～不想一起洗嗎？那麼哥哥會對妹妹的裸體發情嗎？太扯了啦～在浴場發情也太扯了啦～」（註2）
其實也可以說是被她這番話騙進來的結果。不過到頭來，月火提出這個妥協方案的時候，肯定也預料我聽她這麼說就會嚇得垂頭喪氣離開更衣間。

註2　日文「浴場」與「發情」音同。

正因為知道她在打這種如意算盤，所以我沒辦法垂頭喪氣離開，反倒是採取挑釁的態度。

「喂，怎麼啦，妳只會耍嘴皮子？光說不練嗎？這個早熟的小鬼。其實妳沒膽量和我一起洗澡吧？這個懦弱的丫頭。」

然後就走到這一步了。

走到這一步，走到再也走不下去的這一步。

我與月火，兄妹倆並排在蓮蓬頭底下，並肩清洗自己的長髮。難得有這個機會，我用了月火的洗髮精。嗯，原來如此，起泡的感覺確實不一樣。

「…………」

「…………」

總覺得有點那個。

要說那個真的很那個。

長這麼大的兄妹一起洗澡，這幅光景比想像中難受十倍……由於不是動畫版設定的那種寬敞浴室，而是平凡家庭的平凡浴室，所以一個國中生加一個高中生挺擠的。洗頭髮的時候，彼此的手肘會相互碰觸。

「……哥哥。」

「妹妹，什麼事？」

「講點話啦，比想像的還尷尬。」

「啊啊……」

雖然一點都沒錯，但妳別說出口啊。

不過她這樣開口，也算是幫了我一個大忙。

要是就這樣永遠保持沉默，從敘事角度來看也不好受。

上電視或廣播節目的藝人，偶爾會聊到女兒長大成人依然和家長一起洗澡，不過兄妹一起洗澡的例子幾乎看不到，應該沒有吧。

基於這個意義，我與月火正在撰寫一份極為罕見的報告，但是應該沒人想看這種熱騰騰剛出爐的罕見報告。

反倒有種涼透的感覺。

不過，就算這個時候很尷尬，我與月火也說不出「那我先走了，妳慢慢洗」或是「哥哥，我先出去了，對不起」之類的話語。

甚至相反。

「月火，覺得尷尬就滾出去吧，妳真是死要面子呢。與其說了才反悔，還不如一開始就別說。」

「我才要說哥哥，害人反害己就是你這種狀況。我的意思是我看到哥哥乾癟的身體會尷尬，對於一起洗澡一點感覺都沒有，完全冷感。」

我們悲哀到這樣拌嘴。

會死掉的。

「說我的身體乾癟很沒禮貌，我是精瘦肌肉男。」

「精瘦肌肉男？應該是禁售肌肉男吧？」

「差太多了吧，不准亂講。不過月火，如果妳無論如何都要我出去，我並不是不會放妳一馬喔。」

「我無論如何，無論如何，無論如何，無論如何都不要你出去。」

即使如此，我依然勉強暗示要讓步，但月火一語駁回。

這傢伙真是的，居然只靠著賭氣活到現在。

「還是說怎樣？哥哥，你對妹妹的裸體發情，所以想早點離開？想早點離開浴室？」

「講兩次？妳居然講兩次？我才要說妳看我的身體看到著迷了，其實妳很想摸我線條分明的腹肌吧？」

「並沒有，我不想摸你的八塊肌。」

「數什麼數啊？不准數我的腹肌，妳根本目不轉睛吧？」

「我才要說，其實哥哥看妹妹的胸部看得目不轉睛吧？」

「不可能。只不過是妹妹的胸部，我又不是第一次看見。」

「不是第一次看見妹妹胸部的哥哥很奇怪吧？」

「關於那兩個肉塊，我早就已經摸透了，瞭如指掌。」

「不准說肉塊，不准把女生的胸部形容得像是燒肉店。」

「哈，憑妳這種鴿子胸？妳真悠哉呢。」

話是這麼說，不過我處於這種狀況大概還是亂了分寸吧，我不太明白鴿子胸的真正意思。是指胸部很大？還是胸部平坦？

看月火對我咧嘴笑，答案或許是前者。糟糕，我居然長他人威風，而且真的是如同驚弓之鳥慌了手腳。

為什麼會用到「真的是」這三個字？真的是莫名其妙。

「何況，仔細想想……」

我站穩陣腳。

重新來過。

「夏天的時候，妳們倆姊妹總是面不改色半裸經過走廊吧？與其說半裸，不如說是四分之三裸過生活，進行生命活動吧？想到這裡，一起洗澡就完全沒什麼了不起，唯一的問題只有距離太近了。」

「所以這就是問題吧？所以這就是大問題吧，哥哥？即使在夏天的走廊，哥哥要是距離我這麼近就會挨肘擊喔。」

「肘擊嗎……」

好真實的攻擊方法。

但她的手肘現在也碰到我了。

「就算穿著衣服也會挨肘擊喔。」

「妳也太討厭妳哥了吧？話說妳真的很狹窄呢……心胸和某人一樣狹窄。月火，妳快點洗頭髮吧，第一個泡澡的權利，如今逼不得已就讓給妳吧。」

要是在這時候讓步，就完全搞不懂剛才為什麼要搶第一個洗澡，不過我的目的早已不是洗澡。

我現在的目的是要讓阿良良木月火——讓這個有點囂張的國中生妹妹聽話，高姿態訓誡她一頓，無暇理會洗澡或順序之類的問題。

想讓這個出生至今可能從來沒道謝過的妹妹說一句「謝謝哥哥」。

想讓她說出感謝的話語。

然而愈是催促就愈會反抗，這就是阿良良木月火。

不提這個，她現在的心態似乎和我差不多。

「呵，哥哥才想泡吧？與其被哥哥禮讓，不如由我禮讓。讓你泡柚子澡。」

「柚子？今天不是冬至啊？開什麼玩笑，我叫妳先泡！」

「就說不要了啦！」

「嘎～！」

「吼～！」

相互賭氣到說不出話，代表已經是末期症狀。

是世界末日。

彼此的手肘，彼此正在洗頭的手肘，終於像是刀鞘互擊般頻頻激烈相撞。現在是各自面向前方所以還好，但是這樣下去可能變成腹肌與胸部的對峙。

拌嘴使得尷尬的氣氛稍微緩和，卻沒有從源頭解決這個狀況。

沒解決這個悖德的狀況，應該說這個討人厭的狀況。

不過，月火還是比較聰明。這個妹妹動腦子的速度果然比我快。

她這樣提議。

「哥哥，既然這樣，我們輪流洗頭髮吧。我們各自的髮量都太多，所以像這樣並肩洗頭沒效率，不符合經濟效益。」

「我覺得洗頭髮應該和經濟無關吧……」

不過她說得對，這樣沒效率。

她偶爾也說得出中肯的意見嘛。

難得用了上好的洗髮精，但是現在這樣的效益比太差了，甚至可能因為壓力過大而掉頭髮。

「不過月火，不能並排的話要怎麼辦？妳說要輪流洗頭，具體來說要用什麼方式幫對方洗？」

「換句話說就是這樣～！」

月火充滿活力亢奮起身，繞到我的身後。像這樣毫無徵兆就突然精神百倍，堪稱她情緒起伏激烈的表徵之一。反過來說，只代表她是一個完全看不出情緒高低冷熱的棘手傢伙。總之她繞到我身後，將手伸進我滿是泡泡的頭髮。

「我就像這樣幫哥哥洗頭髮～！」

「呃……！」

這個「呃」是表現我驚訝心情的「呃」，同時也是「原來如此」的感嘆。在這個狹窄空間各自同時洗自己的頭髮確實很難，不過如果是洗對方的頭髮，確實就像是拼圖放對位置般精準契合。

舉例來說，遭到綁架的人質們，雙手被綁在身後關進狹窄的房間時，或許無法自己解開繩索，不過只要背對背相互解開繩索就意外地容易。類似如此。

漂亮的思緒轉換。

媲美哥白尼的思緒轉換。

這次是月火略勝一籌了，我不得不脫 chapeau 致敬。

「……chapeau 是什麼？」

「一種帽子吧？用來遮擋亂翹長髮的帽子。」

「不要亂講啦，我可沒戴過這種用來遮擋翹頭髮的帽子。」

「這樣啊，不過我戴過。」

「不用對我洩漏你的時尚內幕。」

「噗嚕嚕～」

月火在我的頭髮打泡泡，並且發出這種聲音。

感覺像是我的腦袋發出這種怪聲音，如同我是笨蛋或是被當成笨蛋。我很想叫她不要這樣，但是無謂找麻煩或興風作浪也沒用，所以我忍下來了。

這是大人的態度，大人物的器量。

「嗯，洗頭明顯有種占優勢的感覺，真痛快。頭部這個人體要害正如字面所述在我掌中，這是一種愉悅，生殺大權操之在我。我體會美容師的心情了。」

「不要擅自講得好像體會了別人的心情，也不要胡說八道。美容師沒在想這種事。」

「慢著，可是如果在理容院，就會用剃刀刮鬍子吧？也會修臉吧？這不就是屹立不搖的階級關係嗎？」

「與其說是階級關係……」

應該說是信賴關係吧？

不過，先不提形容方式，我並不是無法理解月火的意思。

而且，反之亦然。

形容為掌控生殺大權太誇張了，不過將頭部交給他人處理，依照狀況也稱得上是一種快樂。人們光是平凡地活著，就會下意識地注意四面八方藉以自保。關掉這個警報機或許會帶來某種解放感。

這麼做的前提，當然是對方不會危害自己……人們和他人相處時之所以重視信賴，絕大部分的原因在於信賴他人會帶來某種解放感與快感。這樣的說法似乎頗具說服力。

……不過，我這個極惡妹妹（正義跑去哪裡了？）月火，似乎將這種信賴關係和階級關係劃上等號。

這也是真理。

是真理，是心理。

因為絕對服從某人，或是受到某人的信賴，同樣具備解放感與快感——話題似乎愈扯愈遠了，其實重整現狀就會發現，只不過是妹妹一大早幫我洗頭罷了。

「唔～」

「怎麼了，洗髮女？」

「別把妹妹講得像是奇特的妖怪啦。我不會問你要洗頭還是抓人吃掉。沒有啦，像這樣直接摸別人的頭，像這樣摸頭打泡泡，就覺得頭好小呢。」

「不准說我頭小，妳這個小隻妹。」

「不對不對，哥哥現在的身高和我差不多吧？畢竟我最近處於發育期。」

「妳們兩姊妹想長到幾公分啊……」

「我終究也不想長得像火憐那麼高……那種尺寸在各方面似乎很辛苦。不過就算這樣，我們是姊妹啊，我長得和火憐一樣高說不定也是在所難免。畢竟仔細想想，我與火憐小學的時候差不多高。」

「…………」

不過，這是光想就很恐怖的事態。

兩個妹妹都長得比我這個哥哥高……哥哥的威嚴跟面子蕩然無存。

到時候就不只是腦袋小了。

「哎，不過妳這番話或許暗藏著希望。我這個哥哥或許還可以長得和小憐差不多高，這份希望或許還藏在潘朵拉的盒底。」

「高三不會再長高吧……沒有長高的可能性吧？應該從這種希望舉起雙手，也就是投降了吧？」

「不准破壞我的希望，不准翻倒潘朵拉的盒子。月火，我把話說在前面，要是妳的身高超過我，我就算砍掉妳的腳踝也要妳比我矮。」

「別講得這麼恐怖，這是預告犯罪吧？」

「傻瓜。我砍的是腳踝，妳沒有從中感受到哥哥的親情嗎？說實話，我可能會取走妳的腦袋耶？」

「怎麼可以有這種實話！」

我腦袋被扭了。

完全忘記她掌握我的生殺大權。

「唔，我原本還想說砍掉的腳要收藏在我房裡……」

「驚悚程度增加了喔，加量不加價喔。」

「加量不加價嗎？」

「老實說，即使是現在，只要我的頭髮全部倒豎，別說哥哥，甚至會比火憐還高喔。鶴立雞群喔。」

「妳那種髮量的頭髮倒豎，真的就是妖怪了。天底下哪有這麼強力的髮膠？而且啊，妳的頭髮和身高差不多長，所以單純計算也是兩倍高耶？」

「是啊。」

「以哥哥的立場，會跟這樣的妹妹說拜拜。」

「咦？你剛才說什麼？」

「不准確認！」

就算沒倒豎，光是頭髮長到腳踝，她就足以形容為妖怪了。漫畫或插圖並不是沒有這種設計的女生，不過這種長髮真實存在挺恐怖的。
就算不提恐怖程度，我也在家裡好幾次目擊月火踩到自己的頭髮打滑。
別在考生面前打滑啦，觸霉頭。（註3）
我不免覺得她終究該剪了，但她在這方面肯定和我一樣總是錯失機會。
「再說一遍，妳頭髮果然長得很快呢。」
「哥哥才是吧，才是才是。記得你是從今年開始留，但一般來說不到一年不會留這麼長喔，你怎麼偷練的？」
「留頭髮要怎麼偷練？總之……因為我的新陳代謝也很好。」
正確來說，是從春假之後變好的。
「哼，倒豎吧！」
此時，月火玩起我的頭髮。
用泡泡塑形，把我的髮型弄得像是原子小金剛。
「好棒，是原子哥哥耶，是超級哥哥耶！」
「別把我講得好像超級賽亞人。」
「要沖水了喔～」
月火說完拿起蓮蓬頭，沖洗我頭上的泡沫。沖洗時沒忘記幫頭部按摩的俐落手

註3　日文「打滑」暗喻落榜。

法，感覺挺像美髮師的。

大概是以前經常到髮廊換髮型，耳濡目染就不學自通吧。

接著是護髮。

護髮乳也是月火自己的。

仔細想想，以這個傢伙的髮量，洗三次大概就會用掉一瓶護髮乳……她的新陳代謝或許很好，成本效率卻差到不行。

「喔，護髮乳很像髮膠，做頭髮的自由度更高了。呵呵，好像飛機頭～」

「妳啊，玩別人的頭也適可而止吧……一切都得適可而止吧……」

我看不見自己現在的模樣。

但我覺得應該很悽慘。

「呼呼，就這樣連身體一起洗吧！」

月火沒聽我的勸，拿起浴室常備全家共用的沐浴乳，擠出適量之後打泡泡。

「啊！哥哥，哥哥！」

「什麼事啊，發出這種明顯靈機一動的聲音……」

「我想到一個搞笑的招式，超好笑。」

「這是什麼開場白？我只感到不安。」

到頭來，我覺得「超好笑」這個形容本身就不適合用在搞笑招式。哎，雖然這種說法可能會冒犯以搞笑招式維生的各位，但我覺得搞笑招式的重點基本上不是好不好笑，而是氣勢。

「哥哥，哥哥，看我啦，看我啦。」

「什麼事啊？」

我回答之後轉頭看她。

話說，這個妹妹已經一點都不害臊地要求我看她的裸體了……她要求得過於自然，我也自然聽話看她，不過這樣真的好嗎？

不好。

一點都不好。

妹妹全裸擺出姿勢。

雙手枕在頭後，跪在地上。

而且，剛才以手心打出的沐浴乳泡泡沾滿胸部、腰部與大腿等部位。

「命名：東京都條例。」

「超恐怖～！」

別這樣諷刺啦！

我連忙以臉盆舀起浴缸的熱水往她潑下去，將泡泡沖掉。總覺得現在的狀況比東京都條例還不妙，但我個人比較討厭她若隱若現。

光溜溜很健康，是一種藝術。

「你做什麼啊～！」

「我才要問妳做什麼啊！」

「唔～姿勢改成雙手合併舉高模仿『晴空塔』，拐彎抹角諷刺比較好嗎？」

月火真的擺出這種姿勢。

她剛才在更衣間聊到體積，聽起來挺在意自己的體重，實際上卻沒什麼肉，像這樣拉直身體，肋骨就清晰浮現。哎，真要說的話確實很像晴空塔。

「不過，如果要模仿晴空塔，頭髮倒豎或許比較好，因為聽說那座塔六百多公尺高。」

「說得也是喵～可惜我的頭髮終究沒有六百公尺。不過這麼一來，由火憐模仿或許比較好呢～」

「嗯……」

聽起來確實頗具說服力。

然而……

「不過月火，以火憐的狀況，她的胸部和身高一樣巨大，那種凹凸線條要形容成塔危險！」

月火居然在浴室這個危險空間踹我，而且是上段踢，瞄準我的腦袋。這傢伙總是默默就突然吐槽……應該說攻擊，真的很要命。

「不准批評妹妹的胸部，不准擺在一起做比較。」

「呼，原來如此，這次確實是我的錯，不過就算是我錯了，如果妳以為我會輕易道歉就大錯特錯喔！」

「好誇張的態度……好了啦，我要幫你洗身體，所以轉過去吧～噗嚕嚕～」

「聽到這種音效，總覺得妳比我想像的還要幼稚……不能再聰明一點嗎？」

「那麼，啊吧吧吧吧～」（註4）

「妳是芥川龍之介嗎？」

就某方面來說，這個標題可能有損那位文豪的形象。

至少並不高尚。

「話說，『吧』的數量符合原作吧？」

「那當然，完全符合喔，不然你可以驗證喔。」

幫我洗背的月火充滿自信。

不過以月火的狀況，自信與真相一致的狀況比較少，應該說愈沒自信愈容易裝作充滿自信，所以從她的態度來看，不符合的可能性比較高。

「啊吧吧，啊吧吧吧吧吧，啊吧吧吧吧吧吧～」

註4　芥川龍之介的著作《あばばば》。

正如預料，月火講了好幾次，並且「吧」的數量各有不同，以這種奸詐手段含糊帶過真相，清洗我的身體。

「話說月火，不要直接用手洗啦，不准偷懶。要好好按部就班，用那邊的海綿幫我洗。」

「可是手洗比較可以把細部洗乾淨啊？手洗卻要按部就班不是很奇怪嗎？呃，等一下，所以哥哥，難道妹妹的手直接摸你讓你亢奮了？討厭，變態，我要拿這件事嘲笑你一輩子。」

「光看妳這種隨興臨場敷衍的刺激作風，我就夠亢奮了……」

「嘻嘻嘻，洗你的腳趾縫吧，這樣你內心還能保持平靜嗎？」

「真刺激……」

這傢伙滿腦子只能思考當下的事，不知道是好是壞。應該算是壞吧。

雖然腦子轉得快，卻只用在事發的前後。

要求這種傢伙思考未來，放眼今後的事，總覺得是白費力氣……可以說是對牛彈琴，但她似乎是明知故犯，基於這種意義應該形容為班門弄斧。以未來的發展來說，反倒是火憐——放空腦袋橫衝直撞的火憐較能踏上正途。

不過，隨波逐流就和妹妹一起洗澡的我，應該沒資格說月火吧。嗯……

「好，洗完了，像是拋光一樣亮晶晶！換手！」

「換手？」

「這是當然的吧？照理來說，接下來輪到哥哥幫我洗頭髮喔。」

「唔……臭丫頭，妳陷害我……」

居然提出這種交換條件。

真要說的話是理所當然，而且很合理，不過她事後才提這個條件，我內心充滿敗北的感覺。不過要是這時候拒絕，代表我非得離開浴室，所以事到如今大概只能順著月火的意思幫她洗頭髮。

天啊，居然落得幫妹妹洗頭髮，何其屈辱……

我原本計畫用沐浴乳洗她的頭髮還以顏色，不過被發現的話可能會被她灌沐浴乳，所以我打消念頭。彼此都太可憐了。

逼不得已。

這時候就展現大人的風範，幫妹妹洗頭髮吧。

就這樣，我們倆兄妹互換位置。

從並肩改為輪流洗頭髮的作戰看似奏效，實際上卻沒這麼有效。頭髮這麼長的兩人不是同時洗，而是輪流洗，代表必須花費相應的時間，結果就是原本為了搶洗澡而一起待在這裡的我們，至今依然沒人泡進浴缸。

不是互扯頭髮，是互扯後腿。

記得有句俗語就是在形容這種狀態，是哪句呢……

「話說，妳的髮量真的很誇張……像這樣實際拿在手中，該怎麼說，比起頭髮更像是一塊厚布。」

「布？」

「和服的布。手感沉甸甸的，大概是因為吸了水吧，很重喔。」

「啊……」

「嗯？」

「我懂了，月火我懂了。想說最近好像變胖，怎麼減肥都瘦不下來，原來是頭髮的重量！」

「原來如此……妳真是傻到有剩呢。差不多該剪了吧？妳大概也和我一樣老是錯過剪頭髮的機會，不然我現在當場幫妳剪吧，俐落剪掉。放心，我並不是第一次幫女生剪頭髮。」

「雖然我不知道詳情，不過這個角色設定真誇張……不，免了，免了免了，因為這是在許願。」

「許願？」

「不是圍裙或膝毯喔～」（註5）

註5　日文「許願」與「圍裙」、「膝毯」音近。

「慢著，當然不是吧……」

什麼嘛。

原來這傢伙留頭髮是基於確切的原因，不是錯失機會啊……真意外。只會隨興過生活的阿良良木月火，居然會像這樣展望未來。

不過仔細想想，以一個月為單位頻繁換髮型的月火任憑頭髮生長時，我就應該認定是基於某種理由吧。

身為哥哥，這是丟臉的疏失。

「喔～這樣啊。妳許了什麼願？告訴我吧。」

「不行喔，不能告訴你。告訴你的話，願望就不會實現了。」

「喔，這樣嗎？哎，相傳願望說出來就不會成真……不過沒關係吧？別講得這麼固執，哥哥不是外人吧？說出來吧。」

「不要只在這個時候擺出哥哥的樣子。」

「唔～不過妳的髮量真誇張……」

我嘴裡這麼說，卻對月火留長頭髮許的願望沒什麼興趣，所以將視線移回月火的頭髮。

可惡。

髮量太多，打不出泡泡。

發不出「噗嚕嚕」的聲音。

要是怪我的功力不夠，那我就沒話說了。何況我原本就沒什麼洗頭功力，不過月火剛才打出那麼漂亮的泡泡，做哥哥的我這樣好丟臉。

為了全國的哥哥們，我不能繼續降低哥哥的地位。

「是洗髮精的量不夠吧……說真的，妳這頭髮才不符合經濟效益，使用專屬的洗髮精太浪費了吧？啊，不過相對的，這樣就不用去髮廊，所以零用錢就省下來了。」

「不，我會去髮廊啊？」

「什麼？」

「我不像哥哥任憑頭髮自己長喔……髮尾也得修齊。」

「原來如此……我以為任何人都不想看妳的髮尾，不過原來如此。」

「講得真過分，講得太過分了。就是因為老是漫不經心講這種話，才打造出我與火憐的扭曲正義。」

「別自己承認這是扭曲的正義。請別忘記這一點。」

喔。

追加一倍的洗髮精之後，月火大量的頭髮終於也打得出像樣的泡泡了，不過髮量看起來也因而變得更多。

「呵呵呵呵～起泡泡吧～起更多泡泡吧～洗頭確實很好玩呢，會上癮呢。不得不說我冷靜的心也浮泡起來了。」

「沒必要不得不說，別講得好像心情很浮躁一樣。」

「我甚至想埋進這堆頭髮喔，想用妳的頭髮捆綁我的全身。」

「太變態了吧？如果是這樣，我會全力逃離浴室，到時候算我輸。」

「妳剛才是用手心跟手指洗我的身體，但我想用這些頭髮洗妳的身體。」

「會嚴重受損所以不行，會滿是分岔所以不行。光是留長就很容易受損了。如果真要這麼做，拜託哥哥用自己的頭髮吧。」

「不，說真的，妳要是用這些頭髮包裹全身，就算不穿衣服上街也不會被別人發現吧？」

「但我找不到不穿衣服上街的理由啊……」

「唔～」

頭髮洗久了，自然就開始進行頭皮按摩，揉捏月火的頭。原來如此，這就是掌握生殺大權的狀態，確實很有趣。

優越感非比尋常。

「這種高高在上的感覺真棒……位居正上方，位居頂上的感覺。將妳的頭轉一圈似乎就可以拔走。」

「我可沒想得這麼恐怖。」

「比起捏胸部，捏頭更讓我興奮呢。」

「不要講這種恐怖又沒禮貌的話。」

「捏捏捏捏……」

「不要抱持非分之想捏我的頭，至少停在噗嚕嚕的音效就好。啊，雖然洗頭的時候還好，不過哥哥，說來悲哀，即使我不想承認，你的頭皮按摩出乎意料舒服得像是行家水準喔。」

「哼哼～」

我得意洋洋。

可惜這種技能大概完全無法活用在其他地方，因為我將來再怎麼樣應該也不會成為美容師吧。

而且我想不到其他可以捏別人頭的職業。

「好，再來是護髮……唔？」

「怎麼了，哥哥？」

「完全不夠。潤髮乳瓶子幾乎空了。」

「什麼？」

月火慌張失措。

也可以說是慌措吧。

不對，講成慌措很奇怪。

但月火就算慌張失措，也是她自己剛才幫我護髮的時候用光僅存的潤髮乳，受惠的我不太方便多說什麼。

「是妳的錯吧？」

但我清楚說出來了。隨口說出來了。

「妳沒有事先確認，是妳的錯。」

「不對，現在不是要討論誰對誰錯吧？現在最重要的是我的頭髮將會嚴重毛躁受損吧？光之美少女會死掉吧？」

「光之美少女會死掉？這很嚴重吧？」

我一瞬間聽不懂她原本要說什麼，不過應該是把頭皮（Cuticle）說成光之美少女（Precure）了。慢著，完全不一樣吧？還是說劇中有個叫做 Cure Cool 的角色？

「無論如何，總之『Smile 光之美少女！』很好看。」

「我們沒在聊這個吧？」

「主題是『微笑』，所以女主角們在想哭的場面依然努力露出笑容，這樣的她們棒透了。」

「我沒問哥哥的喜好。哥哥喜歡笑容是你家的事。更加率直收下『微笑』這兩個字吧。」

「宮澤賢治他啊……」

「什麼?你真會離題呢。」

「宮澤賢治曾經問學生，最長的英文單字是哪一個字，答案是『smiles』。因為兩個s相隔一哩。」

「喔喔，聽起來挺有哩……更正，挺有理的。宮澤先生真風趣呢。」

「不准稱呼宮澤賢治是宮澤先生，要抱持敬意。」

「我不是加了『先生』嗎？」

「這樣反倒是裝熟吧……不過某些人物加了『先生』反而有種親切感，確實很神奇呢。」

「沒錯。以宮澤先生為例，直呼名諱感覺比較尊敬。怎麼會這樣呢……探索這方面的基準應該很有趣。」

「但我覺得差別只在於是否真的認識對方，或是對方是否還在世……」

我說著拿起蓮蓬頭沖洗月火的頭髮。

「好，大功告成，再來用妳的頭髮洗妳的身體吧。」

「哥哥你完全沒聽我說話！」

激動的月火就這樣狠狠吐槽。

「你想對我的毛跟髮怎麼樣啊！會嚴重受損吧！」

「毛跟髮？」
「毛髮～！頭髮～！我的秀髮～！」
月火放聲大喊。
這妹妹就不能講得簡潔易懂嗎？
「這也沒辦法啊？畢竟潤髮乳用完了，我又想用妳的頭髮洗妳的身體。」
「後者完全是哥哥的嗜好吧！當然有辦法！」
「唔，聽妳這麼說確實沒錯。月火，妳的洞察力挺好的，妳就是月火丘勒．白羅。」（註6）
「這也太硬拗了吧！找個諧音像一點的啦！」
「唔，我找到一半有靈感了。」
我改變蓮蓬頭的方向，打開看似見底的潤髮乳瓶子，注入少量熱水。然後我重新蓋好瓶子，如同中年銀髮酒保般搖晃瓶身，調勻內容物。
我腦海中的自己穿著小背心。
「哥哥，你在做什麼？」
「沒有啦，雖說瓶子空了，不過內壁肯定還殘留不少液體，我覺得像這樣灌水應該夠妳的頭髮用一次。」

註6　源自阿嘉莎．克莉絲蒂筆下的偵探赫丘勒．白羅。

「不要做這種窮酸的舉動啦。」

「妳說這是窮酸的舉動？」

妹妹居然說出這種奢侈的台詞……我這個哥哥大受打擊。她的個性什麼時候變得如此高傲？我不禁懷疑自己看錯，不過仔細想想，她從一開始就是這樣，毫無懷疑的餘地。

從她自己使用這種看起來很高貴的潤髮乳，就應該看出她的個性。

「與其做這種窮酸的舉動，不如讓頭髮自然變得像是超級賽亞人喔。因為我的名字有『月』這個字。」

「唔～……」

明年升上國三的妹妹，似乎把超級賽亞人和大猴子搞混了。

世代差距到這種程度，果然也會像這樣以訛傳訛嗎？

啊，不過如果是GT版，超級賽亞人可以用月光的力量進一步變身。

這麼一來，她可能反而是超級七龍珠迷。

「不過，反正藥液會和頭髮吸收的水分混合，只是先後的差異吧？」

「不准說高價的潤髮乳是藥液。」

「妳看，沒有妳說的那麼稀喔，只是混入一點氣泡，但依然是潤髮乳。」

我再度打開瓶子，將摻水的潤髮乳倒在手心給月火看。月火蹙眉檢視。

「沒辦法了，就給哥哥一個面子吧。」

她像是死心般垂下頭。

她這個動作並不是垂頭喪氣的意思，單純只是讓我方便幫她護髮。

月火給了我頭髮……更正，給了我這個面子，所以我再度將手伸進月火的頭髮裡。

原本以為加水勉強夠用一次，但月火畢竟是此等髮量，很難稱心如意，非得節約使用才行。

慎重再慎重。

如同貼金箔的漆器工匠般慎重。

「唔～……月火，我不打算一直計較，不過雖然我不曉得妳許什麼願，至少也剪一下瀏海吧？」

「要是只修一點點，瀏海前端會刺到眼睛很痛喔～懷抱再多的愛情護髮，頭髮刺到眼睛還是會痛喔～」

「這樣啊……」

我不太懂。

「話說哥哥，你現在對我講的其實都講到你自己，你知道嗎？哥哥的瀏海也很長吧？」

「自己留頭髮就出乎意料不會在意呢。」

「說到瀏海……」

此時，月火突然這麼說。

一邊被我按摩頭皮一邊這麼說。

「撫子她出院了。」

「……這樣啊，那太好了。」

「咦？反應比我想像的平淡耶？還以為你會開心到跳來跳去。」

月火微微轉向我這麼說。

眼神好純樸。

「還以為你會開心到跳裸舞。」

「怎麼可能？」

「為了方便哥哥跳裸舞，我才刻意在浴室這個場面告訴你的。」

「講這麼嚴肅的話題時，不要打這種無謂的主意。」

「是～總之她出院了。」

「這樣啊。」

這樣啊。

我只能說「這樣啊」。只有資格這麼說。

不過，她出院真是太好了。

雖然我已經沒臉見千石，但還是覺得太好了。

可以為她慶幸了。

「哥哥。」

「什麼事？」

「好痛好痛好痛好痛好痛，你要好痛用手好痛捏爆好痛我的好痛頭嗎好痛好痛！」

「啊，抱歉抱歉，我好像太用力了。」

「哥哥，我覺得你不想聽我這麼說，我覺得你不想聽我這麼說所以更要說，你背負太多東西了吧？太努力了。撫子那件事不是哥哥能夠背負處理的。」

雖然講得好像明白一切，但是關於千石——千石撫子這幾個月的失蹤，月火並不知道詳情。

她處於不算是毫無關係，卻很難稱為相關人士的立場，所以才說得出口吧。說得出我不想聽別人說的這番話。

「放心啦，撫子大致恢復活力了，而且感覺稍微開朗、積極了些。」

「這樣啊……那就好。」

「而且偶爾會笑。」

「那就……更好了。」

真的很好。

好到我不會在意自己再也看不見她的面容、她的笑容。

「總之，改天去看她吧～不過撫子現在非得在家裡靜養，哥哥這陣子還得忙著準備考試，所以應該沒辦法去看吧～」

不知道內情的月火若無其事這麼說。如果她知道內情卻這麼說，就真的挖苦挖到我的心坎裡，不過阿良良木月火基於好壞兩方面來說都是直腸子個性，應該不會這樣挖苦人。

只是，我會在意。

就只是很在意。

千石撫子在阿良良木月火面前，對於阿良良木曆這個人有什麼感想？我不可能不在意。

並不是依戀。但是形容為後悔還不夠。

「哎呀～不過撫子狂講哥哥的壞話耶～哥哥，你對撫子做了什麼？」

「真的？」

「咦？我開玩笑的。」

「…………」

這傢伙居然開這種玩笑。

在這種時候開玩笑也太恐怖了。

時機抓得神乎其技。

「……這樣啊，不過，那邊的問題還沒解決呢。」

我輕聲說。

千石撫子下山——她的「失蹤事件」如今解決了，這當然是好事，是很美妙的事，不過這件美妙好事的代價，就是這座城鎮的靈力變得不穩。

就是這麼回事。

關於這方面，我也不知道詳情，並沒有知道得很詳細，但總之那座北白蛇神社再度成為空空如也的淨空狀態。

必須解決這件事，就算沒解決也得想辦法處理一下，否則這座城鎮會繼續發生各種問題。不只是妹妹們的問題，要是我留下這個問題就離開這座城鎮，我難免有點牽掛。

即使做不到萬事太平，至少也要維持不錯的平衡。

「……平衡嗎？這原本不是我的職責就是了……」

職責。

我自認是以別人聽不到的音量自言自語，月火卻像是複誦我的獨白。

「不是職責喔。」

她說。

我嚇了一跳，不過該說是兄妹特有的心電感應嗎？總歸來說只是巧合。

「哥哥背負太多東西了。」她回到剛才的話題。「哥哥不是萬能，沒辦法解決所有問題，所以我覺得最好扔下各種負擔，有點自知之明，量力而為，將事情分擔出去吧？包括撫子、火憐以及我，哥哥都太操心了。」

「……………」

這樣啊。

原來妳想說這個啊。

這個傢伙不是今天在剛才聊到火憐的天分才察覺，是以前就隱約感受到了。

我想以高中畢業，以考大學為契機，將各種事情做個了斷、做個解決、做個清算。

像是敷衍至今的事。

像是掩飾至今的事。

像是即將結束的事。

她早就感受到我想這麼做了吧。

「關於我們的事——至少關於我自己的事，我會想辦法處理。火憐畢業會留下我一個人在國中，我知道你會不安，但我會想辦法處理的，所以你不用這麼擔心啦。沒問題的，All OK。火憐當然也會想辦法處理，想辦法照顧好自己。撫子也一樣。所以我覺得哥哥先處理當下考大學的問題就好。」

「…………」

我一直覺得非得訓誡一下只活在當下的月火，非得指導這個傢伙多多思考未來，月火卻要求我專注處理當下的問題，我這樣連照顧都稱不上。

連笑話都稱不上。

但我沒生氣，也不想回嘴。我確實背負太多東西，也沒辦法解決所有問題。

我能做的事相當有限。

實際上沒辦法解決。

八九寺的事、千石的事，我都沒能解決。

若是沒有專家幫忙，我什麼都做不到。到頭來，回顧這一年，究竟有多少事件是我親自成功解決的？

屈指可數，甚至不到屈指可數的程度。

何況即使是當前面臨的大學考試，以及應考前提的畢業，我光靠自己根本做不到吧？所以她說我背負太多東西是對的，正是如此。

做哥哥的責任，只是我自己在說的。

就算有責任，人們也未必能夠盡責。有些事情非得找人幫忙，或是非得交由他人處理。

在畢業之前，在離開這座城鎮之前，解決所有尚未解決的事，或許是不可能的任務。不過就算這麼說，不負責任放棄一切也是錯誤的做法吧？

背負過多的東西不是好事，但我非得去做某些事。

某些即使做不到也應該挑戰的事。

「話說哥哥，你實際準備考試的進度怎麼樣？最後這個月有希望嗎？」

「應該……勉強可以吧。」

我只能這樣回答。

即使沒希望，也只能這樣回答。

悲哀的自我暗示。

戰場原已經確定保送入學，所以我只能跟著報考同一所大學。事到如今我不會報考其他學校，絕對不可能。

所以我發揮男子氣概中的男子氣概，完全不考其他學校當備胎。沒有啦，只是因為家長對我沒什麼信心，不肯出太多的報考費，因為太貴了。

「哥哥，所以我才說現在不是背負的時期，是衝刺的時期喔。我講得很有道理喔。現在你還有閒工夫在這種地方洗妹妹的身體嗎？」

「不，關於這方面，我並不是背負什麼責任或義務，自願負責照顧妳好好洗澡……並不是要在妳身上打泡泡或是揉妳的身體……」

「到頭來，這樣完全沒有解決問題的根源吧？就算改成輪流洗身體，解決了淋浴間太小的問題，但我們首要解決的是浴缸太小的問題。」

「嗯，說得也是……就算是想到可以和樂融融一起洗，如果和幼女一起泡就算了，不過以這個浴缸的容積，我很難和國中生一起泡。」

「和幼女？」

「沒事。去去，記憶走。」

我在最後刻意不用蓮蓬頭，而是拿起臉盆，從和國中生一起泡有點小的浴缸舀水，和剛才月火表演恐怖搞笑招式的時候一樣，這次從她身後，從頭頂猛然潑水。潤髮乳容易殘留在頭髮，所以與其用蓮蓬頭的水壓沖洗，我覺得用這種粗魯方式比較可以一鼓作氣沖掉。

「呀啊～！」

舒服大喊的月火令我心情大好，所以我基於服務精神又潑了兩三次。

「呀啊～！呀啊～呀啊～呀啊～！」

好像很開心。

「呀啊～！再來再來～！」

妳也太開心了吧？

但是如果因應她的要求，過度因應她的要求狂潑水，浴缸就沒熱水了，所以我決定適可而止改用蓮蓬頭沖水，將手伸向蓮蓬頭。

伸手的時候，我僵住了。

我們相互洗頭的淋浴區掛著一面大鏡子，直到剛才，直到不久之前都因為起霧而照不出任何影像。然而我以臉盆朝月火潑水，使得熱水也豪邁潑在另一頭的鏡子上。

因此，覆蓋鏡面的霧氣被沖走，映出坐在正前方的月火裸體。這只是一種自然現象，也就是很自然的事。

然而，也有不自然的事。

不對，是超自然的事。

站在月火身後的我——阿良良木曆的身影沒在鏡子裡。

鏡子沒映出他的身影。

如同不死之身的怪異——吸血鬼。

005

在房間被月火踩爛的小趾甲依然是碎裂的，依然是悽慘心痛地碎裂，所以我現在沒有化為吸血鬼。即使如此，現在鏡子卻映不出我的身影。這要怎麼解釋？

無論如何，至少不是可以冷靜以對的事情。

因為這是我在春假化為吸血鬼至今首度發生的狀況。各位聽我突然這麼說，或許會以為我腦袋終於出問題，以為我和妹妹一起洗澡就出了問題，所以我姑且在這裡說明一下。

在春假，一位——一隻吸血鬼襲擊我。

美麗得連鮮血都會結冰的吸血鬼。

鐵血、熱血、冷血的吸血鬼——姬絲秀忒·雅賽蘿拉莉昂·刃下心襲擊我。

她一口咬住我的脖子吸吮。

被她憑附，被我憑附。

吸盡我的血，吸盡我的精氣。

搾取我本身的存在。

然後，我成為了吸血鬼。

變成了吸血鬼。

變異為怪異。

阿良良木曆這個人類進入終點，阿良良木曆這個吸血鬼離開起點。春假這兩週彷彿地獄。

鬼氣逼人的十四天。

只說結果吧，後來我就像這樣，就像現在這樣恢復為人類。即使多少留下後遺症，依然從鬼回歸為人。

當成代價而失去、非得拋棄的事物絕對不算少，應該說很多，不過總之無論如何，我恢復了。

我非常高興，非常自豪。

我將羽川翼視為第二個母親、視為聖母崇拜，正是因為她當時的救命之恩。說起這部分的往事將會沒完沒了，所以雖然慚愧，但是現在請容我割愛。

地獄結束了。

總之在這十四天結束了。

本應結束了。

真要說的話，當然不可能乾乾淨淨，毫無牽掛或芥蒂就完全解決，後來也在各方面受到拖累，而且春假的這段體驗也成為後續各種事件的開端，不過如果只看我個人化為吸血鬼的這個事件，肯定已經解決了。

我恢復為人類了。

然而，為什麼鏡子照不出我？

鏡子照不出來，不就是吸血鬼最明顯的特徵之一嗎？不死之身、吸血、化為影子、化為霧、變身、飛翔、操控蝙蝠。

而且，鏡子照不出來。

照不出身影。

這樣簡直——我簡直不是不上不下的半吊子，而是貨真價實的吸血鬼。

簡直是真正的吸血鬼。

「…………」

「咦，哥哥，怎麼了？」

我不由得沉默。月火看到突然沉默的我，當然覺得不太對勁，不經猶豫就轉過頭來。我正在幫月火洗頭，又潑她大量的熱水，所以月火在這個時間點閉著雙眼，還沒察覺我沒映在鏡子裡。

被發現就麻煩了。

我以雙手抓住月火轉過來的頭，好好固定。

不是揉捏，是穩穩抓住。

位於月火另一邊的鏡子，當然只映出她的軀體，只映出她正處於發育期的裸體，本應和她的裸體一起入鏡的我不存在。

鏡子映出浴室的牆壁，如同沒有任何其他的東西。鏡中只有掛在浴室瓷磚牆壁上的毛巾。

沒有其他東西。

沒有。

「呃，哥哥，怎麼了？」

月火有些混亂。

不經意轉過頭來，卻被哥哥以雙手抓住頭，她難免會混亂吧。即使腦子轉得再快，轉速也不可能跟得上這種演變。

不對，要是腦子轉得快，就某方面來說應該想得到接下來的進展……

「知道了。可以喔，哥哥。」

月火說著輕輕閉上雙眼，噘起嘴脣。

當然不可以吧！

平常的我肯定會吐槽，但是在這種狀況下情非得已。如今完全成為阿良良木曆的慣例，各位熟悉到足以取得市民權的行為——「以接吻令對方閉嘴」的這個行為，終於要用在妹妹身上了。如此心想的我做好準備。

「嗯……」

既然下定決心就要速戰速決。說來恐怖，我並非第一次做這種事，所以我為了奪走小四歲的妹妹嘴脣而展開行動，然而世界在這時候發動管制了。

或許是晴空塔幹的好事。

「呼～！流了滿身汗呢～！謝謝哥哥幫我準備洗澡水～！晚點得好好找他道謝才行～！」

浴室門「砰咚」一聲打開，巨塔……更正，身高將近一八〇公分的運動女孩阿良良木火憐，滿身大汗光溜溜地單手拿著毛巾瀟灑現身。

「慢著，這是在做什麼啊，豬頭～！」

不愧是格鬥家。

速戰速決的速度比我快得多。

她一登場，就在狹窄的浴室當場使出迴旋踢，將我連同月火一起踹進浴缸。

換句話說，我倆相親相愛一起第一個泡澡。雖然月火腦子轉得比較快，不過火憐身體轉得比較快。嗯，是的。

後來，我、月火與火憐三兄妹睽違數年相親相愛一起洗澡增進感情……當然不可能是這種結果，我理所當然被火憐轟出去。

不對，這是我身為哥哥的責任、義務、志氣、面子、尊嚴、演變……我試著提出符合邏輯的反駁。

「豬頭！給我基於常識來想啦！不對，給我跳脫常識來想啦！」

然後，我被轟出去了。

跳脫常識來想。

對我來說，這是非常確實的批判。

被轟出去的哥哥頗為丟臉又悲哀，不過比起後來在浴室被姊姊正經說教的妹妹，我受到的制裁或許還算輕。

將月火獨自留在火冒三丈的火憐身邊，我這個做哥哥的實在過意不去，不過我也有我的苦衷，被趕到沒有鏡子的外面走廊正合我意。

不對，不能說正合我意。

現狀已經相當不合我意了。

「喂，忍。忍，忍，妳醒著嗎？拜託醒著，拜託了，忍。」

我回到自己房間獨處，不死心地確認房內鏡子同樣完全沒照出我的身影，然後如同要趴在地毯上的影子般呼喚忍。

這裡提到的忍是忍野忍。

春假襲擊我的吸血鬼——姬絲秀忒．雅賽蘿拉莉昂．刃下心——落魄變成的幼女。是八歲兒童。

換句話說，她也和我一樣已經不是吸血鬼。不過我現在不知為何出現吸血鬼的「症狀」，那麼她恐怕也出了某些問題。

這是頗為實際的恐懼。因為現在我與忍的靈魂相連。

說穿了，我與忍就像是一體同心。

躲在我影子裡的類吸血鬼。

潛影者——忍野忍。

「忍！忍！」

毫無反應。

她像這樣遲遲沒反應，是因為基本上受到吸血鬼時代的夜行性影響？還是因為發生「某些事」？無從判斷的我愈來愈慌張。

忍？

忍，妳怎麼了？

「忍！天亮了啦～！差不多該起來了喔～！」

我毫無意義模仿妹妹們說話，但依然沒反應。沒想到我會以這種形式得知她們兩人叫醒愛賴床的我有多麼辛苦。

明天起不要在腦中胡亂辯解，斷然精神抖擻地起床吧。我如此發誓之後繼續朝影子呼叫。

「忍～！有甜甜圈喔，忍～！妳愛吃的 Mister Donut 喔～！是黃金巧克力口味喔～！」

「太棒啦～！」

金髮幼女隨著這句話登場。

輕易、乾脆地登場。

她毫無意義地像是早期動畫的活力角色般高舉拳頭登場，所以貼在影子上的我，下巴挨了一記上勾拳往後翻。

如同死掉的蟲子。

「黃金！汝這位大爺，黃金巧克力在哪裡？若敢說謊，吾就扯出汝之頸動脈宰了汝！」

「…………」

往後翻的時候，我的腦袋重重撞在地面很痛，但是除此之外，我也差點被忍親手宰掉。

話說，她看起來充滿活力，感覺絲毫沒有因為和我的身體連結而受創。

至少忍看起來沒有異狀，看不出異狀。我對此鬆了口氣，同時擔憂自己可能遭到忍的譴責殺掉。

「忍！不得了！」我坐起上半身大喊。「鏡子照不出我！」

「那是怎樣？白雪公主之童話嗎？汝這位大爺是個好男人沒錯，但終究不是世界第一吧？」

忍轉頭環視四周回應。

原本想藉由大喊搶回主導權，但是沒這麼順利。不過她環視四周大概只是在找甜甜圈吧。

……反正她應該是隨口說說，但她說我是好男人令我意外地開心，這件事要保密。

「…………」

然後忍不再環視。

大概是知道怎麼找都找不到甜甜圈吧，接著目不轉睛狠狠瞪我。

好恐怖。

恐怖到讓我不在乎鏡子照不出我了。

這是妳看「吾之主」的眼神嗎？

「喂，汝這位大爺知道嗎？」

「知……知道什麼？」

「世間有些謊言可以說，有些謊言不可說。可說之謊言是無關靈魂之謊言，不可說之謊言是攸關靈魂之謊言。」

「不對，妳只是不原諒關於甜甜圈的謊言吧？」

難道妳的靈魂是甜甜圈打造的？那正中央不就是空的？

「正是如此……」

忍緩緩移動，露出淒滄的笑容。

別在這時候擺出招牌笑容好嗎？

「這裡沒有甜甜圈……如同甜甜圈之中心一樣沒有甜甜圈。那就在汝這位大爺身上打洞做成甜甜圈吧！」

「甜甜圈化現象～！」

忍不是開玩笑的，而是真的撲過來。但是在春假之後，她幾乎失去所有的吸血鬼能力，所以她的攻擊正如外表所見，只是八歲兒童的可愛衝撞，我只須以雙手溫柔接住她，只須發揮擁抱力。

不過，我瞬間嚇出冷汗。

畢竟她只有表情很認真。

「唔，像這樣被汝這位大爺抱，怒氣都消了。」

「妳太迷戀我了吧？」

話是這麼說，不過我對於自己不會變成甜甜圈鬆了口氣，同時帶來不同於安心的另一種情感。

依照至今的經驗，要是我身心的吸血鬼「後遺症」——症狀增強，忍的吸血鬼「屬性」——症狀也會跟著增強。

不過，忍現在依然喪失吸血鬼的力量，只有我化為吸血鬼。這也是前所未見的狀況。

不對，現在不該計較是否前所未見。

這是遲早得發生的狀況吧？

遲早——隨時可能發生的狀況。

「忍，聽我說。」

「唔～人家要多抱抱才肯聽～」

「聽我說啦！」

妳的心理被身體影響得太嚴重了！

幼女化太明顯了！

今天早上被妹妹們叫醒至今發生的事，我簡單扼要……不，不是簡單扼要，是如此這般，相當詳細，鉅細靡遺地說明。

忍聽著聽著，原本嬌羞放鬆的表情也終究變得嚴肅。看來她知道我現在的狀況多麼嚴重了。

「就是這麼回事。」

「嗯，原來如此。」忍點了點頭。「汝這位大爺和妹妹之關係，終於要跨越禁忌界線了是吧？」

「不，那不是重點！」

「即使不是重點亦是重要之點吧？汝要如何收拾這件事？怎麼啦，已經放棄再度改編成動畫了嗎？」

「慢著，忍，拜託認真談吧，妹妹的事我改天好好說，我現在真的很為難，畢竟我第一次經歷這種事。」

我這麼說。

語調稍微急促。

「而且啊，鏡子照不出身影挺難受的。該怎麼說，精神會受到重創。」

「是嗎？鏡子終究只是光之反射吧？」

到頭來，對於吸血鬼來說，鏡子照不出身影是理所當然的家常便飯，所以忍似乎不太能感同身受，露出詫異的表情。雖然她應該沒惡意，但是彼此反應速度的差距令我著急無比。

該怎麼填補這種溫差？

不過，我不需要採取任何手段，不用傳達我對這個現象的想法，靈魂和我相連的忍就無線感應到我的著急心情，微微聳肩。

「怎麼啦？」

看來她終於願意配合我了。

「總歸來說，汝這位大爺明明沒被吾吸血卻化為吸血鬼。是這麼回事吧？」

「嗯，沒錯，就是這麼回事……不對，有點不一樣。妳看，我這隻腳的小趾甲裂開了吧？」

「嗯，汝說是妹妹踩爛的。」

「既然趾甲沒回復，我應該沒有化為吸血鬼。」

「喔？」

忍抓起我抬起單腳給她看的腳踝，理所當然般用力撫摸受傷的小趾。

「好痛好痛好痛！」

「別吵，會分心。」

「……！」

她應該不是故意鬧著玩，所以我默默注視具備強烈虐待狂氣息的這幅光景，忍著疼痛等待忍「驗證」的結果。

「嗯，原來如此。」

「妳……妳明白什麼了嗎？」

「總之，似乎明白又似乎不明白……不，吾明白發生何事，卻實在不明白為何變成這樣……」

她講得很含糊。

總不可能是吊我胃口吧。

從這番話聽來，忍沒有明白了什麼事，只是有個幼女折磨我的腳趾罷了，但是這樣的話我終究不會善罷甘休。這樣只會降低我的好感度。

「忍，這是怎麼回事？妳說似乎明白又似乎不明白，這才是不明不白吧？至少把妳明白的事情明白告訴我吧？」

「嗯，也對。不過汝這位大爺，總之……」忍說。「先穿上衣服吧。」

006

「先說結論，汝這位大爺現在確實化為吸血鬼，這部分正如汝這位大爺之推測。鏡子照不出形體並非別種怪異現象，是吸血鬼之現象。」

我聽話拿旁邊的衣服穿上之後，忍這麼說。這裡所說「旁邊的衣服」是不用上學所以沒在穿，用衣架掛在牆上晾的學生制服。

不是裸圍裙，是裸制服。

這樣會香豔嗎？

「吸血鬼的現象……可是忍，就叫妳仔細看了啊，我的小趾……」

「用不著一直把腳伸向吾，折磨腳一天只限一次。」

「不，我不是在要求這種事啊？我沒有得到快感啊？」

「吾才要叫汝仔細看。」

忍說。

她說「仔細看」是她的台詞。

「那根腳趾回復了。」

「咦？」

我聽她說完，抓起自己的腳注視該處。總覺得好像硬是擺出瑜伽姿勢，總之我看向問題所在的小趾。

趾甲裂開，還有出血的痕跡……不對，看起來不像是已經回復的樣子。

「那是表面之狀況，裡面不一樣。」

「裡面？」

「吾並未實際目睹那一幕，所以無法斷言，但是令妹踩汝這位大爺時，那根小趾骨折了。」

「骨折？」

她真的踩爛了！

真的痛死我也！

瞧瞧那個洗髮妖怪做了什麼好事！

「冷靜。雖說是骨折，亦僅是細微骨折。」

「細微骨折……」

什麼意思？

細微的骨折？

還是骨折到細微的程度？

如果是後者，感覺沒什麼機會康復……

「依照吾折磨……更正，觸診檢驗之結果，那根趾骨有斷過再接合之痕跡，換言之即使不完全，但依然已經回復。」

「原來如此……」

啊啊，不過這麼說來，忘記是聽戰場原還是誰說過，有人小趾撞到衣櫃邊角痛到蹲下去。

世人大多將其當成滑稽的笑話，不過實際上，小趾骨因而碎裂的案例並不少見。不過，小趾骨折實際上不會明顯影響生活，所以有時候連當事人都沒察覺骨折就自然痊癒。我也是這樣嗎？

……順帶一提，我也同時想起對羽川提到「小趾撞到衣櫃邊角」這件事時，她的回應是：「咦？但我小趾從來沒撞到衣櫃邊角啊？」總之，原來如此。

這麼說來，我聽忍這麼說就發現，至少一開始感受到的劇痛已經消失得不留痕跡……原來如此。

即使看起來這樣，依然回復了。

「……不過，這種回復方式，和我想像中的吸血鬼回復方式不一樣……」

「想像是吧？」

「嗯。」

我在春假完全化為吸血鬼的往事，老實說我不願提及，不過當時無論是手臂被打爛、腿被打爛，甚至是頭被打爛，都是在下一瞬間回復。

不對，即使是誇張形容成「下一瞬間」，依然沒說到真相。

各個部位在毀壞的同時再生——感覺這是最接近真相的形容方式，可惜唯獨這一點必須讓各位親眼目睹才能認同吧。

但別說親眼目睹，實際體驗這種事的我，親身體驗這種事的我都這麼說了，所以肯定沒錯。吸血鬼的回復力是更加不按章法、亂七八糟、荒唐又無可奈何的東西。

本應如此。

「嗯……也對。不過，至少以人類之回復力，骨裂不會一小時就康復吧？」

「是沒錯啦……」

不，如果是火憐就很難說。

或是火憐的師父就很難說。

但我沒見過火憐的師父，所以我在亂說。

「既然這樣，就做個更簡單之測試吧。手伸出來。」

「這樣嗎？」

「抓。」

忍隨著這個音效（？）抓我的手臂。

如同貓抓的動作。

她不知何時操作身體，將指甲變長變尖之後抓我。

「好痛……咦，不痛？」

「對吧？吾只是稍微抓破皮罷了。」

忍翻轉手掌讓我看指甲，並且這麼說。

「此等損傷，只不過是生物實驗課採取口腔黏膜之程度。」

「為什麼妳這個吸血鬼會知道生物實驗？」

「吾這五百年可不是白活。」

其實幾乎六百年才對。

總之我不會計較她謊報。

追究女性的年齡是違反禮儀的行為。

但我不曉得追究怪異的年齡是否適用。

「所以妳抓我皮膚做什麼？」

「自己看。」

「嗯？」

該說出乎預料？還是正如預料？

我手臂被忍抓破的傷口消失了。

不，原本就是稱不上傷口的傷，總之已經消失得不留痕跡。

「看，是回復力吧？」

「哎，確實……確實沒錯。」

不顯眼的傷就這樣低調回復，我莫名無法釋懷，不過看來我的回復力——我肉體的回復力確實稍微增強了。

「不，汝這位大爺，吾知道汝無法釋懷，但還是得小心。吾建議最好拉上那面窗簾。吸血鬼只憑這種回復力暴露在陽光下應該不會燃燒，而是直接化為灰燼而終吧。」

「喔，好……」

忍像是威脅般語出驚人，所以我站起來扭動身體以免晒到窗戶射入的陽光，拉上窗簾。室內當然變得陰暗，所以我打開燈。

「總之，這是以防萬一……或許即使在大太陽下散步也意外地……應該說大致沒問題。畢竟汝這位大爺雖然具備回復力，似乎也並非完全化為吸血鬼。來，咿～」

「嗯？」

「咿～」

這種說法過於稚嫩，我猜不出意義，不過忍在第二次親自示範給我看（超可愛的），所以我拉開嘴角。

「咿～」

我應該沒有超可愛吧。

忍在這個狀態定睛觀察，點了點頭。

「總之，虎牙沒變長。」

「是嗎？」

「嗯，若是擔心就照鏡子吧。」

「不，就說鏡子照不出我了……」

「對喔，嘻嘻！」

忍露出笑容。

這傢伙根本胡鬧。

無論是不是故意的，都令我火大。

不過超可愛。

「那麼摸摸看吧。」

「這樣？」

「誰叫汝摸吾胸部了？是摸汝這位大爺自己之牙齒。」

「……是。」

她這樣冷酷應對，我就變得像是普通的變態。不，無論她如何應對，我都只是普通的變態吧。

「嗯……」

「如何？」

「硬硬的，不舒服。」

「吾不是問觸感。」

「沒變尖。」

我在這種局面依然不忘開個小玩笑，但忍似乎不欣賞我這種作風。

「確實，牙齒依然只是牙齒，我的齒列真漂亮。我想想，除此之外，可以當場確認的吸血鬼特徵是……」

「若想確認，早餐吃大蒜如何？」

「我不想吃這麼重口味的早餐……而且要是有效，我不就會當場死掉？」

「是啊。」

「還敢承認？」

開什麼玩笑。

雖然我至今的人生不曉得會邁向何種死亡，不過吃大蒜死掉實在愧對父母，也愧對戰場原。不是因為吃大蒜的口臭問題。

「總之，這種實驗晚點再說，現在專注考量最壞之狀況就好。以汝這位大爺——以汝這位大爺之心情來說，應該不想承認這種現實，但至少依照吾之判斷，汝這位大爺現在成為半個吸血鬼。可以的話……」忍的語氣自此變得嚴肅，繼續對我說：「希望汝相信吾這個判斷，可以省掉無謂驗證之時間。」

「……知道了，我相信妳。」

無法釋懷的心情並未消失。

小趾與皮膚確實已經回復，卻還稱不上是離譜的現象，這麼一來，現在發生在我身上的現象與現狀只有「鏡子照不出來」而已。

這個證據不足以認定我化為吸血鬼，現在要下定論確實也太早了，至少專家忍野咩咩會斷言這種判斷是輕舉妄動。

不過，即使如此，我還是相信忍。

該怎麼說，我這麼做是理所當然的。理所當然到講出來會難為情，寫出來會很假。

「這麼一來，我果然會擔心妳。妳沒問題嗎？身體沒異狀？」

「唔～吾剛才無法貫穿汝這位大爺之身體，看來吾並未取回力量……」

原來她剛才當真要在我身上打洞？

這種念頭毫無信賴關係可言。

「何況，吾與汝這位大爺之連結，始終是經由吸血產生。除非吾半夜睡昏頭咬汝這位大爺之脖子吸血，否則吾不認為此等連結會成立。」

「慢著，雖然我沒說過，但我覺得很可能是這樣。」

「汝這個失敬之傢伙。吾五百年來從未睡昏頭。」

「喔……」

總之，我不吐槽。

在捨不得花時間驗證的現在，更不應該將時間花在搞笑與吐槽。「閒聊才是主體」的本作品立場，非得在這個時候暫時捨棄。

現在的重點只有一個，就是忍的身體是否產生變化。

「忍，總之脫衣服吧，我幫妳看看。」

「想對吾做什麼？」

「折磨幼女的腳。」

「吾之腳並未被汝這位大爺之妹妹踩爛。」

「唔……真沒用的妹妹，好歹要讓妳傷到這種程度吧？」

「吾並未和汝這位大爺之妹妹交戰……對了。」

此時忍輕敲手心。

就是石頭打布的那種動作。

「要不要問那傢伙？」

「嗯？那傢伙？」

「沒有啦，汝這位大爺之肉身確實產生某種變化吧？如果正如吾之假設，是和吸血鬼相關之變化，就應該找專家商量才對。」

忍雙手抱胸，不知為何像是勉為其難般這麼說。

至少不是靈機一動想到好點子的態度。

「妳說的專家是……忍野嗎？忍野咩咩？可是那個傢伙現在在哪裡？」

「不，這應該不是那個小子專精之領域。因為要是那個小子早就擔心汝這位大爺身上發生這種現象，就不可能沒預先告知吾。」

忍野咩咩是幫忍取名的長輩，也是以名字束縛她的主人，雖然她不太喜歡這個人。不過從她這番話來看，她似乎並非不認同忍野咩咩這個人。

至少那個傢伙不會明知我可能陷入某種危機，卻離開這座城鎮放任不管。

忍認同這一點。

換句話說，這是忍野沒掌握到的事態。

忍這麼判斷。

我當然對她的判斷沒異議，舉雙手大為贊同。

「吾不知道如何處理汝這位大爺之現狀，這麼一來，即使知道那個夏威夷衫小子之下落，就算拜託那個小子亦無意義，代表那小子是沒用之垃圾。」

「…………」

忍只是認同，但還是很討厭他吧。

這也是當然的。

「既然這樣，妳要我問的『那傢伙』是誰？」

「就是那傢伙啊，吾以這個語調稱呼之『那傢伙』就是那傢伙。」

忍真的相當厭惡般這麼說。

比起提及害她從妖豔美女變成嬌憐幼女的主因暨主犯之一——忍野時還要厭惡許多。

「斧乃木余接。」

007

我是在暑假遭遇斧乃木余接。回憶當時的「事件」，老實說，那孩子給我的印象不是很好。

而且坦白說，我們當時是敵對關係。

與其說是遭遇，應該說衝突。

我可以理解忍為何講得不太高興，因為忍當時和她打得你死我活。不，對於忍來說，這甚至稱不上是打得你死我活吧。

總之，斧乃木余接。

專家——而且是包含吸血鬼在內，精通不死之身怪異的專家。

「斧乃木嗎……啊，不過正確來說，專家應該不是斧乃木，而是將斧乃木當成式神使喚的影縫余弦吧？」

我不確定自己在這方面的認知是否正確，但應該是這麼回事。暑假的那個事件結束之後，我和斧乃木有過數度的交集，不再是單純的敵對關係，但我和她的主人影縫余弦從暑假一直敵對至今。

聽過她的消息，卻再也沒見過她。

當時和斧乃木對決的是忍，和影縫對決的是我。

哎，當時也如同是單方面的虐殺、單方面的蹂躪，但是先不提這一點。

斧乃木余接以及……影縫余弦嗎……

「唔～哎，這確實是個好點子吧。不過很遺憾，我沒辦法以好表情說出『這是個好點子』這句話……」

「是啊。」

忍也是五味雜陳。

若有所思。

精通不死之身怪異的專家，換言之，在本質上是忍的敵人，所以她這樣的態度也是理所當然。

只是在那個暑假，她只把我與忍視為喪失不死之身的「前」吸血鬼而放我們一馬……記得她說她認定我們無害？

「……斧乃木就算了……影縫她是那種人，是那種專家，要是她知道我出現吸血鬼的症狀，可能會來除掉我。」

「這也沒錯，吾只能說這樣沒錯。不過，她們並非凡事都以暴力解決。防止普通人化為不死之怪異，反倒才是她們最重要之工作吧？」

「唔～……哎，無論如何，她們不會免費服務吧，畢竟是工作。」

應該不便宜吧。

應該不少錢吧。

我想起忍野昔日向我請款五百萬圓。現在回想起來，那個人居然對高中生獅子大開口。

「至少影縫與斧乃木，和德拉曼茲路基那種傢伙不一樣……肯定不一樣。」

應該說，要是他們一樣就麻煩了。

因為以德拉曼茲路基為首的「那三人」，在春假時二話不說就要除掉化為吸血鬼的我——除掉單純受害於忍的我。將專精的領域從「不死之身的怪異」縮小為「吸血鬼」

之後，大多會先把吸血鬼視為單純的邪惡，所以才會變成這樣。

「影縫……是啊，說得也是。她肯定是我所認識最『強』的人，而且換個角度來看，要是她成為自己人肯定很可靠吧。」

忘記是什麼時候，火憐曾經指著影縫余弦說「我的師父才足以和她打個旗鼓相當」。火憐的師父究竟具備何等實力，目前我依然只能從一些傳聞想像，但我覺得這句話將那個避免走在地面的專家——影縫余弦形容得很好。

「斧乃木她自己，說穿了也完全是不死之身的怪異……」

「應該說那傢伙是喪屍。屍體之憑喪神。說穿了亦完全是人偶。」

「人偶……」

沒錯。

就是這麼回事。

「那傢伙是式神，行動卻比式神自由得多……肯定是因為主人之個性吧，陰陽師最近亦不流行了。」

忍這麼說。但我覺得這不是流不流行的問題。

式神的自由度嗎……

「所以，汝這位大爺有何打算？」

「這個嘛……」

如果除去私人情感——憎恨當然不在話下，連恐懼或畏縮這種情感也一起除去的話，找她們幫忙真的是好點子，如同預先安排的模範解答。

只是如同剛才所說，她們……坦白講也只有影縫啦，影縫具備極度危險的個性與「實力」，這也是毋庸置疑。

即使是堪稱不祥中之不祥的極惡騙徒貝木泥舟，也明顯不願意和影縫接觸。能以暴力解決任何事情的人享有何種特權，那個擁有三寸不爛之舌的男人肯定比任何人都清楚吧。

要是冒失拜託她幫忙，說不定會反過來被除掉……不，如果只是我被除掉，極端來說可以解釋成自作自受，但如果真的過度冒失，導致暑假的事件重演……

「……不，應該說等一下，忍。」

「何事？」

「我不知道她們兩人的聯絡方式。」

「什麼？」

忍反倒像是責備般瞪我。

她的眼神果然很恐怖。

「不提影縫，斧乃木那傢伙不是和汝這位大爺並肩作戰好幾次嗎？那麼為何不知道？好歹問一下手機號碼吧？」

「吸血鬼不要講手機號碼這種詞。」

品味會大打折扣。

妳也太現代了吧？

如同忍者傳簡訊聯絡般令人嘆息。

「不，我才要說，以斧乃木那種個性，應該不會隨身攜帶這種裝置……記得斧乃木自己確實也說過，為了以防萬一所以不帶手機……到頭來，怪異和機械文明基本上難以相容吧？」

「那傢伙這麼纖細嗎……唔～這麼一來實在傷腦筋。即使無法打電話，沒有其他方式聯絡得上那傢伙嗎？」

「我想一下……」

我想一下。

正因為現代社會透過手機或電子郵件增加人際交流，所以要是對方不依賴這種工具，就幾乎找不到聯絡方法。

應該說因為過於方便，我們失去了這方面的技能。

如果有妖怪郵筒之類的東西就方便多了，但是不可能有這種東西……嗯，想聯絡影縫或斧乃木，大概和尋找離開城鎮的忍野一樣辛苦吧。

「那貝木呢？應該聯絡得上貝木吧？聯絡貝木要他牽線找影縫如何？」

「妳居然講這種話？」

我不用照鏡子、不用鏡子照，就知道自己現在表情多臭。但那個騙徒確實比年輕人更擅長使用手機這種裝置，足以在這座城鎮進行難以置信的大規模詐騙。

「不，哎……嗯。就算我當然不知道貝木的手機號碼，但戰場原即使不知道手機號碼，也很可能知道如何聯絡那個傢伙……不過該說這是最後的手段嗎？應該說是直到最後都不能使用的手段喔，小忍。」

「不准叫吾小忍，不准露出這種丟臉表情，吾當然是開玩笑的。不過……」忍繼續說。「這麼一來，候選人只剩一個。」

「候選人？還有嗎？啊啊，妳說羽川？」

「那個女孩很聰明，卻不是專家吧？不是她，是臥煙。」

「臥煙……」

「臥煙伊豆湖。她是專家之總管吧？」

「臥煙伊豆湖……」

對喔。聽她這麼說，就覺得我應該第一個就想到她。

忍野、貝木以及影縫都稱為「臥煙學姊」仰慕（？），專家中的專家。

真的是總管。

我受過她的幫助，也曾經和她並肩作戰，而且她隨身帶著許多通訊機器。從普通手機到智慧型手機，她口袋裝了五、六個。

記得我拿過其中一支手機的號碼……

「……不知道為什麼，我不願求助的想法有增無減……臥煙小姐應該是個好人，可是……」

「我無所不知」。

她曾經毫不害臊、毫不愧疚如此斷言。感覺要是貿然拜託她，可能會被帶向悽慘的末路。

影縫是過於暴力的恐怖角色。

貝木是過於不祥的恐怖角色。

那麼，臥煙就是過於聰明的恐怖角色。

「沒錯，傳聞無所不知的臥煙，知道如何解決汝這位大爺現在面臨之狀況亦不奇怪，但吾亦不建議直接拜託那傢伙。即使不是開玩笑，吾亦只是說說而已。那麼現階段之最佳做法，果然是聯絡臥煙請她牽線找影縫她們吧。」

「…………」

我思索片刻。

「ＯＫ，我沒異議。」

我伸手要拿正在充電的手機。

「忍，謝啦。」

「無須多禮，只須甜甜圈。」

她還在計較這件事。

對甜甜圈的愛也太深了。

應該說太執著了。

「嗯……」

嗯？

我拿起手機開啟畫面的時候，臉色變得鐵青。不，「鐵青」看起來或許像是文字上的過度形容，但我內心真的是這種感覺。

這樣形容或許很矛盾，不過感覺就像是明明拚命全速要追趕對手，卻被對手搶先一步。

螢幕顯示收到一封簡訊。

我第一次看到這個電話號碼，內容是這樣的：

「今晚七點，

站前百貨公司四樓，

到遊戲區就可以見到余接。

我已經安排妥當。

這份人情將來請用友情償還。

你的朋友

臥煙伊豆湖上」

「……………」

如果這時候硬是假裝冷靜來評論，這件事或許不值得驚訝。從臥煙伊豆湖這個獨特角色的獨特個性來看，或許沒什麼好驚訝的。

因為她的信念一直都是「先發制人」。

如果忍野是看透一切的傢伙，臥煙就是看穿一切的人。洞悉一切的人。

她確實看穿我現在的狀況，並且採取確切的措施。就是這麼回事吧。

「不，汝這位大爺，不要硬是用合理方式解釋。這種如同掌握一切之郵件，一般來說很噁心吧？簡直像是連吾等之對話都聽得一清二楚。」

「我好不容易以實際的折衷說法解釋這個異狀，妳不要講得實際啦……」

「請用友情償還」這句隨筆的要求莫名恐怖過頭，不過總之有頭緒了。今晚七點前往站前的百貨公司，我似乎就能見到斧乃木。

上次見到斧乃木……唔，記得是上個月的事？

這麼想就覺得不算是久違，但當時千石事件鬧得人仰馬翻，感覺明顯處於混亂的漩渦。

雖然現在確實也處於混亂的漩渦，但始終「只是」鏡子照不出我而已。

「啊，對了，話說我得聯絡一下戰場原才行……因為我和她約定過，關於怪異的事不能向她保密。」

「但吾認為這種約定，汝根本已經毀約過頭了……」

「別這麼說啦……就算我不想保密，但有些事無論如何都難以啟齒吧？即使如此，這件事我也非說不可。」

不想害她無謂操心。

老實說，我真的是這麼想的，不過「不想害她無謂操心」這個想法本身，經常成為戰場原操心的根源。

「羽川那邊……先別說吧。即使和臥煙有關，不對，就是因為和臥煙有關，所以最好暫且別聯絡神原。」

「應該吧。上次並肩作戰時，那個總管不知為何想對自己外甥女隱藏身分，這或許意外是她之弱點。」

「別找她的弱點啦。」

「不曉得何時會和那個女人為敵喔，先找弱點不是壞事。」

「不，所以說，因為不曉得何時會和她為敵，所以不能尋找弱點引她起疑，因為她站在我們這邊的時候肯定是好人。」

「原來如此。」

我再度檢視手機畫面。

重新閱讀簡訊。

這一瞬間，我提防臥煙可能又寄一封看穿我心思般的簡訊，不過終究沒發生這種事。是我害怕過度嗎？

無論如何，臥煙寄這封像是及時雨的簡訊，對我來說是好的進展。

即使我再害怕，也是好的進展。

那個人恐怕極度尊崇現實主義，是惡夢般的現實主義者，所以現在的我——我的現狀要是無從解決，她就不會寄這種簡訊給我。臥煙幫我和斧乃木牽線，就代表有方法可以解決。

我這麼認為。

或許只是我想這麼認為吧。

既然這樣，就打個電話給確定升學，沒必要去學校，悠哉過著每一天的戰場原吧，不過現在終究還太早吧？當我這麼心想……

「哥哥～！」

月火如同破門而入般，開門闖進我房間。

她並不是沒敲門，只是她敲得過於粗暴，讓我覺得只是「破門」的一環。

「拋棄我自己逃走是怎麼回事啊～！也不想想我後來被火憐折騰得多慘！」

月火大概是氣壞了，只圍一條浴巾就闖進我房間，而且浴巾是圍在腰際，上半身光溜溜。

好誇張的造型，太新奇了。

忍已經習慣妹妹闖進我房間，瞬間回到我的影子裡。

「唔喵？哥哥，為什麼關窗簾？要當家裡蹲？還是打算睡回籠覺？我不會讓你睡哦？」

「沒有啦，是陽光太耀眼了。」

我無從辯解，只能適度敷衍。雖然應該沒成功敷衍，但她應該不會深究吧。

「喔呼喵～」

正如預料，月火像是認同我的說法，沒有繼續追究窗簾的事……喔呼喵？那是什麼？

這是哪門子的認同法？

「總之哥哥，向我道歉，道歉，道歉。開口賠罪，開口賠罪。謝罪。向我認錯道歉！」

「妳個性真誇張呢……好，過來一下。」

「喔？你要道歉了？呼呼呼，好說。」

圍著浴巾的上空女孩慢慢接近我。怎麼回事，明明只是剛出浴，這妹妹卻比我想像的還要低俗。

我抱住這個低俗的妹妹。

用力緊抱。

「喔呼喵？」

月火發出驚訝的聲音。慢著，這到底是驚訝的聲音還是認同的聲音？希望她統一一下。

她的角色個性過於極端又模糊。

「這是什麼謝罪方法？哪國的謝罪方法？哪個國家是透過緊抱裸女表達遺憾之意啊？」

「妳裸體是妳自己脫的吧？」

我這麼說。在月火耳際說。

原來如此，我與月火現在確實差不多高，用不著刻意低頭，只要以正常緊抱的姿勢低語，就會變成耳語。

「聽我這個哥哥的一個要求吧。」

「什麼？沒道歉還想要求？臉皮真厚……手套倒過來念就是厚臉皮！」

完全不是。

臭丫頭，小心我扁妳六次。

「光是沒用命令句，妳就該謝天謝地了。」

「謝物語？」

「……月火，聽好了，今晚我要妳和火憐一起去住神原家。」

「咦？」

月火一臉錯愕，如同聽到我胡說八道。哎，以她的立場，我這番話應該莫名其妙吧，所以她的反應沒錯。

「怎麼回事？」

「別問原因，拜託別問。神原與火憐那裡由我說，所以……請妳照做。」

臥煙伊豆湖的姊姊臥煙遠江的女兒——神原駿河的家。我一時之間想得到最安全的地方就是那裡。

不提斧乃木，我和影縫有所交集的現在，我非得隔離月火才行。至少要從這個家隔離。

否則，將會重蹈暑假的覆轍。

「唔……」

月火輕哼一聲。

看她沒發出「喔呼喵～」的聲音，應該是勉為其難吧。
「知道了。我照做就行吧？」
「嗯，妳照做的話，我願意道歉。」
我緊抱著月火這麼說。
不是過去式，是以現在進行式這麼說。
「抱歉。」
不過，這時候的我失策了。
想得太膚淺了。
考慮到接下來的進展，我該道歉的完全是另一件事。

008

入夜了。
換句話說，太陽下山了。
入夜之前，我一直待在房間。
幸好學校現在放假。要是缺席紀錄繼續增加，我真的沒辦法畢業。而且我也慶幸自己是非得準備考試的考生，是處於及格邊緣的考生，即使整天窩在拉上窗簾的房內用功也不會有人起疑，更不會有人約我外出。

太陽下山，全家人一起吃完晚餐之後，我走出家門。我原本有兩輛腳踏車，但這已經是懷念的往事，這兩輛車都在某種自毀意外失去了。將那種事件當成自毀意外，我完全無法接受，不過和怪異相關，或者是和「闇」相關的事件，基本上我只能解釋為自毀，解釋為自作自受。

所以我徒步行走。

徒步前往車站。

來到戶外，沿著人行道行走不久，我身邊不知何時有個金髮幼女在行走。羽川翼曾經說我走路的模樣很像猛龍特警隊，總之和忍並肩行走確實讓我覺得如此可靠。

「抱歉讓妳陪我這一趟。」

「吾沒有陪同之意。吾等從一開始即為命運共同體，吾只是自行處理自己之事。」

「哎，別這麼說啦。」

我抱起走在身旁的忍，就這麼讓她騎在我肩膀上。這是我的貼心之舉，畢竟以幼女的體力要走到車站應該很辛苦。

好輕呢。

好像紙工藝。

不過，就算她現狀幾乎化為人類，依然是我最可靠的搭檔。

「見那兩人之前，要不要姑且讓吾化為吸血鬼以防萬一？只要讓我喝捐血之血量，以最壞之狀況至少可以逃離那兩人。」

「唔～……不過要是讓妳化為吸血鬼，我也必然會化為吸血鬼，現在的症狀會被蓋掉……這樣或許就沒辦法正確『診斷』我的症狀。到頭來，臥煙的簡訊只說讓斧乃木在那裡等，沒明講影縫也會在場……」

「向女友提分手了嗎？」

「不，我沒要提分手……」

但我向戰場原說一聲了。

她零延遲就要求和我一起去，我費了好一番工夫才說服她。

總之，不想讓戰場原見到那個陰陽師&式神，絕對不只是我個人的任性。

「哎，老實說，我和她說過之後舒坦了些。」

「嗯。相較於那姑娘曾經失去重量之痛苦，只是鏡子照不出來無須愁眉苦臉到這種程度……汝這位大爺如此認為嗎？」

「唔～該怎麼說，應該不是這樣……」

不，或許就是這樣。

「或許是因為戰場原提供各種建議吧。她還幫忙確認了一些細節，像是穿衣服照鏡子的時候會怎樣。」

「嗯……」

「順帶一提，我後來試過發現，看起來會像是只有衣服浮在空中，所以我果然得盡量避免照鏡子才行。此外她還吩咐我小心車子，因為車內與車外的後照鏡都照不到我，所以我被車撞的機率大幅增加。」

「這姑娘確實注意得很詳細呢……不曉得她這兩年來活得多麼謹慎。」

忍說著想緊抱我的頭。不過身體嬌小的她，光是摟住我的頭就很勉強。

「吾再睡一下，遇到斧乃木之後叫吾。」

還以為她想做什麼，她居然這麼說完就閉上眼睛呼呼大睡。妳要睡的話回影子裡睡不就好了？我難免這麼心想，但她大概預料到接下來不曉得在下一瞬間會發生什麼事，才會決定在我肩膀上睡覺，省掉從影子現身的時間吧。

今天早上才將揉捏頭部形容為掌握生殺大權，不過忍或許是像這樣抱住我的頭，藉以保護我的生殺大權。

「那麼……」

名門千金為了保持姿勢的高雅，會在頭上放水杯進行走路訓練，現在的我大致就是這樣。

小心翼翼避免吵醒忍的我，抵達目的地的站前百貨公司時，已經是快到會合時間

（？）的晚上六點五十五分，如果電梯太慢可能會遲到。

我稍微小跑步進入百貨公司。

搭電扶梯或是跑樓梯應該比較快……最快的方式應該是跑電扶梯，但是電扶梯不是用來跑的東西。

所以我選擇樓梯。

也不能說樓梯是用來跑的東西，但我不能讓斧乃木等。才四樓，跑上去頂多只會氣喘吁吁吧。等待的男生氣喘吁吁現身應該會嚇女生一跳，不過既然對方是斧乃木，應該不需要顧慮這麼多。

她肯定會照例面無表情帶過。

「記得簡訊是說遊戲區……遊戲區，遊戲區……不過有這種區嗎？」

啊，但我好像聽過。

神原曾經迷上一款叫做「Love and Berry」的遊戲，記得她就是在這間百貨公司的遊戲區玩這個遊戲……

回憶這件事的我抵達百貨公司四樓，在這個樓層亂走，很快就找到了。

這裡再怎麼說也是百貨公司裡的遊戲區，是家長購物時讓孩童遊玩的區域，是小規模徒具形式的電玩中心，不過換個講法，這裡最適合用來和斧乃木碰面，就算我的搭檔——忍這樣的幼女待在這裡也不會突兀。

「……咦？她不在啊？」

我準時在七點抵達，不過這裡別說斧乃木，連一個人影都沒有。

「居然沒人？怎麼可能……至今我依照臥煙的指示，從來不會撲空啊……」

我擔心或許是斧乃木出了什麼問題，不過繼「Love and Berry」的下一個機台映入我眼中時，這份堪稱想太多的操心飛到九霄雲外。

這個機台是俗稱的夾娃娃機。

因為「玩具總動員」而出名的那個。

不過就算沒有「玩具總動員」也夠出名了。

是投幣之後操作吊臂抓獎品的機器。

斧乃木就在這個機台裡，在玻璃箱裡。

雙腿伸直坐在裡面，如同人偶。

動也不動，如同人偶坐在裡面。

「…………」

咦？

慢著，這是斧乃木……吧？

貨真價實的斧乃木吧？

那孩子為什麼變得像是夾娃娃機的獎品……我走向機台。緩緩走過去，非常緩慢地走過去，以免我的慌張傳達給肩膀上的忍。

「斧乃木小妹……？」

我試著輕敲玻璃箱也毫無反應。

毫無反應。

毫無表情、毫無感情。

……怎麼回事？看起來好像真的人偶。

不，人偶原本就是模仿人形製作，形容成「真的人偶」不太自然，不過斧乃木原本就是毫無反應、毫無表情又毫無感情的孩子，所以她毫無反應沒辦法證明什麼。

「余接小妹……？余～接～」

毫無反應。

「小余！」

毫無反應。

唔～只是因為她在我不知道的時候製作成精品上市嗎……不過，居然是這種等比例的尺寸。

如果是一番賞的抽獎，這個尺寸應該會設定成「最後一籤」的獎品……總之既然演變成這樣，我也只能挑戰這個遊戲了。

我從口袋取出錢包。我不認為一百圓就抓得到，所以用五百圓硬幣嗎……找不到。那就拿千圓鈔票換零錢吧。

我前往設置在一旁的兌幣機，將千圓鈔票換成十枚百圓硬幣，再度回到抓娃娃機前面。

遊戲區沒有其他人，所以我或許是擔心過度，不過這種拿獎品的遊戲，想要的獎品經常會在兌幣的時候被其他客人拿走。

「話說我自己幾乎沒玩過這種拿獎品的遊戲……這要怎麼玩啊？」

真的是早知道就帶神原過來。

那個傢伙明明是才華洋溢的運動少女，卻也精通這種遊戲，基於某種意義來說和羽川一樣是完美超人。

我一邊心想，一邊將換好的硬幣投入機台。哎，雖然還不到著急的時候，不過這間百貨公司晚上八點打烊。

總不可能一個小時都抓不到吧，但是注意到這一點速戰速決不是壞事。

「我看看……先按①的按鍵橫向移動，再按②的按鍵縱向移動……嗯，我知道規則了，並不是很複雜。那麼，總之先試試看吧。」

按下①的按鍵似乎就會正式開始。

為了抓起斧乃木，我操縱頗大的吊臂。唔，好像有點過頭了，不妙不妙，不過幸好預先察覺。這要怎麼調整回來？

接下來要微調……什麼，不能微調？我完全找不到印著反向箭頭的按鍵……

我心懷愧疚按下②的按鍵。雖然剛才失誤，但我已經確認沒有反向按鍵，所以接下來不會犯下相同的錯誤。

這個遊戲的正攻法，肯定是移動吊臂到接近獎品的位置，再一點一滴慢慢操作吧……咦？我放開按鍵，吊臂就開始下降！不對，不是那裡！不是那裡啊，我的目標在更裡面！

我內心的吶喊不可能操作吊臂，夾子就這麼空虛抓了個空，然後像是逆向羞辱我的失敗般回到原位。

「……汝這位大爺技術太差了。」

「唔，忍，妳醒了？」

「沒有啦，是因為嘰嘰喳喳之BGM很吵……汝這位大爺之腦袋很適合當抱枕，卻無法阻絕周圍聲音，在這方面不如平常之睡床。」

她說的「平常之睡床」大概是我的影子。

居然把我的腦袋跟影子當床……她雖然失去吸血鬼的能力，高傲的個性卻絲毫沒打折扣。

「話說汝這位大爺，別太接近玻璃箱啊。」

「咦？」

「會反光喔。」

啊，對喔，我過度專注玩遊戲，回過神來整個人已經接近玻璃箱到幾乎貼上去的程度，這麼一來玻璃箱會依照光線角度照出我。

不對，是照出我以外的東西。

只照出衣服。

「嗯?話說忍，玻璃很正常地照出妳……照出妳浮在空中的樣子，代表妳依然失去吸血鬼的能力嗎？」

「現在是如此。不過以吾之狀況，即使在全盛期依然可以隨心所欲照鏡子，因為對吾而言，弱點不是弱點。」

「………」

不愧是傳說。Legend。

此時的我只能對此傻眼，不過我應該在這時候察覺這番話背後的含意才對。可惜即使在這時候察覺「那個」，也只是早點或晚點的差異罷了。

「那個」。

也就是察覺忍與我身為吸血鬼的不同之處。

總之，挑戰第二次。

「總歸來說，這遊戲無論是橫向或縱向都是一次決勝負？」

「就是這麼回事吧。而且汝應該先好好看過遊戲說明。」

「我實在不擅長看這種說明……不過這應該不是擅不擅長的問題。」

遊戲都是玩了才知道。

我慎重按下①的按鍵。

小心別被玻璃箱照到，小心別被照出「玻璃箱照不出我」的事實，不經意和機台保持距離，但是離太遠會抓不到距離感，所以得好好調整……然後在恰當的位置，至少是我判斷恰當的位置放開按鍵。

嗯，就是這裡，肯定沒錯。

「呼呼呼，我或許有夾娃娃的天分。」

「吾覺得只是此等程度罷了，何況就算真的有此等天分，將來要活用在何種地方？」

「我要成為在遊樂中心幫孩子們夾娃娃的神祕大叔。」

「太神祕了吧？這就是汝這位大爺將來的志願？」

我聽著忍在我頭上說的這番話，按下②的按鍵。我不是在玩什麼ＲＰＧ，不能在這種地方浪費時間。

「好，這裡！」

我如同號稱神的劍豪，抓準時機放開按鍵。吊臂從我算好的位置，從斧乃木的正上方開始下降。

「怎樣！忍，看到了吧！」

「吾在看……不過，那東西要是就這樣下降……」

「嗯？」

我聽她說完一看，大幅張開的吊臂爪子，正中伸直雙腿而坐的斧乃木頭頂。

發出「咚」一聲低沉的聲響。

「啊……」

我不禁發出聲音的這時候，斧乃木受到來自上方的撞擊，上半身失去平衡搖晃往後倒。換句話說，她最後的姿勢是在玻璃箱裡仰躺成大字形。

表情完全沒變，也沒做出生理上的反射動作。

被吊臂打中以及身體倒下的時候，依然面無表情。

總之，真要說的話確實和平常一樣面無表情，但她面無表情到這種程度，會令我懷疑這個遊戲的獎品真的只是仿造斧乃木余接的人偶。

「不，先不提表情，這東西之動作完全是人偶，是娃娃吧……遭受撞擊時完全沒有忍痛之反應啊？」

「唔～……臥煙小姐應該不會耍我……我覺得她不會做這種事，不過她該不會只是告知百貨公司有酷似斧乃木的人偶吧……真是這樣的話，我可嚥不下這口氣。花大錢卻只拿到一隻人偶……我不就只能拿來抱著睡了？」

「吾之金錢觀亦沒資格說別人，不過汝這位大爺，別把區區幾百圓形容為大錢，汝有幾兩重都被看透了，將來真的會變成在遊樂中心幫孩子們夾娃娃之神祕大叔喔。」

「也對……雖然是我自己這麼說，但是得避免這樣才行……」

這件事暫且不提。

我現在背著金髮幼女，在即將打烊的百貨公司努力想抓女童的等比例人偶，或許堪稱是神祕高中生吧，不過這件事永久不提。

斧乃木只是躺成大字形，第二次挑戰同樣以失敗收場，吊臂回到原位。再來是第三次。

「總之，剛才的失敗沒有白費……我學會了。看來並不是單純將吊臂移動到想要的獎品正上方就好，還得考量抓的部位。應該很少人察覺這一點吧？」

「若是直覺敏銳之傢伙，應該在第一次玩之前就會察覺吧？」

「一般都會覺得這種東西是電腦自動調整吧？」

「天底下哪有此等親切之送獎品遊戲？」

「如果是剛才，只要將吊臂調整到抓住大腿就好，不過看現在的姿勢……應該是腰部。從腰部底下抓住，應該就可以直接拉上來。」

「吊臂力道夠大嗎？」

「GO！」

GO了。

我投幣操作吊臂，吊臂正如計畫瞄準斧乃木的腰。只要依照我的預料移動，吊臂就會抓住斧乃木的腰，往上拉高，而且從我所站的位置，剛好是裙底看光光的角度。

為了盡情欣賞，我覺得必須和微調吊臂位置一樣微調我的位置，但是我的計畫落空。

吊臂爪子確實抓住斧乃木的腰部往上拉，但斧乃木的重量撐開夾起的爪子，鑽出縫隙掉回原位。這次是側躺。

吊臂回到原位。

「這個吊臂沒力道啊！」

「所以吾不就說了嗎？將吾之建議聽進去吧？」

「哎，妳說得對……」

我完全無從反駁。

看來我沒有抓娃娃的天分（收回前言），是不是改讓忍來抓比較好？

不，我覺得忍在這個場合也只是旁觀者清罷了……

「咦？不過那個吊臂幾乎沒使力就任憑斧乃木掉下去耶？太沒力了吧？只有一瞬間拉起斧乃木耶？」

「大概是螺絲太鬆吧。不，這或許得追究店家夠不夠親切，不過吊臂強度實際上亦是店家決定吧？」

「天啊……這也太嚴苛了。」

那我該怎麼做？

玩家太吃虧了吧？

我頂多只能控制吊臂的動作，而且也不是完整控制，吊臂的力道卻完全由店家主導，那我根本無可奈何吧？

「不不不，汝這位大爺，吊臂合起、夾住與上拉之力確實很弱，不過店家亦有唯一無法操控之部分吧？」

「咦？哪裡？」

「就是吊臂下降之力——下降力。剛才吊臂直接打在那個丫頭之腦門，力道足以改變斧乃木之姿勢吧？」

「……？所以呢？」

「所以啊～」忍指著機體說明。「如同以棍棒將石頭打入河裡，別用那根吊臂拉起斧乃木，而是咚啊咚地以翻滾方式讓斧乃木掉進那個洞即可。」

「……………」

這或許是可行的夾娃娃作戰，不過因為忍這樣形容，使得這種攻略方法絲毫感受不到玩家對人偶的愛情。

咚啊咚地……

「不過，只能這麼做了……話說我硬幣剩七枚……七枚抓得到嗎？」

「補充一點，汝這位大爺。」

「什麼事啊？」

「如果一次投三枚硬幣，似乎可以玩四次喔。」

「妳早說啊！」

接下來的戰鬥也絕對不簡單。

雖然勉強找到攻略方法，卻依然沒能稱心如意，吊臂只是反覆毫無意義地毆打斧乃木的身體。

即使她毫無反應，也令我看到心痛。

太可憐了。

而且即使成功，移動距離也微乎其微，實際挑戰就發現光靠手邊的硬幣很難確定抓得到斧乃木。

七百圓可以挑戰九次。我的籌碼逐漸減少。

咚啊咚地減少。

「唔……要是籌碼用盡，我將不知道該如何是好……」

「不對，應該再拿一張千圓鈔票換硬幣才對。汝好歹有這個錢吧？」

「妳的吐槽真冷漠。麻煩和《快樂快樂月刊》連載的遊戲漫畫一樣，懷抱熱血看我表現好嗎？」

「這漫畫至今還在出版嗎？」

我們這樣拌嘴的時候……終於。

在最後一次的挑戰，吊臂終於命中斧乃木的側腹，成功將她推到洞裡。她掉到取物口的時候發出「砰咚」的聲音，這已經不只是低沉的聲音，而是某個部位摔壞的聲音。

「忍，成功了！」

我假裝沒聽到這個聲音，振臂高呼。

「這樣就是Happy End了！」

「總覺得似乎忘了當初之目的……」

「當初的目的？當初的目的不就是獲得斧乃木嗎？」

「不對。」

「怎麼可能，除了獲得女童，世間還有什麼更重要的目的嗎？」

「既然汝這位大爺這樣就好，那就趕快帶那個回去吧，似乎快打烊了。」

確實。

原本以為時間還很充裕，沒想到不知不覺已經超過七點四十五分，已經是何時聽到「晚安曲」都不奇怪的時段。

我當然沒忘記「解決我身上神祕現象」這個當初的目的，著手取出斧乃木。總之無論是否忘記，都得先把她拿出來再說。

我抓住取物口的把手往外拉。

「唔……勾住了，打不開。」

「使勁硬扯看看如何？但她之手腳或許會被扯斷。」

「我可不能忽略這種可能性。」

大概是斧乃木的體積比取物口大一點，整個塞在裡面吧……如果這是普通的獎品，這時候應該找店員幫忙，但如果這真的是斧乃木，找人幫忙應該是錯的。

我抓住把手輕輕搖晃，試著慢慢打開取物口。該怎麼說，如同做蛋糕時將麵粉過篩的感覺。不過做蛋糕是比喻，我沒有實際做過。

總之我的計策成功，取物口打開了。

斧乃木如同折疊起來般塞在裡面，感覺泡在熱水裡就會恢復正常。

「余弦妹妹～」

我試著叫她。

不知為何使用兒童節目的語氣。

……沒回應。

以「看似平凡的屍體」形容斧乃木余接這個屍體憑喪神過於貼切，各位覺得如何？

「花太久了。」

此時，我聽到這聲回應。

聲音平淡又沒有情感，令我聯想起昔日的戰場原黑儀。兩者的差異在於這個聲音更加死板，完全是人工合成的感覺。

「只是抓到我要花多久啊？蹩腳玩家。」

「喂，這人偶講話好毒啊……」

我說著取出斧乃木，然後掀起裙子確認底下是什麼模樣。

「手刀！」

我脖子挨了斧乃木的手刀。

而且是如同網球反手拍的一記手刀，巧妙鑽過忍雙腳的手刀。

「鬼哥哥，鬼哥，你光明正大做什麼啊？」

「沒有啦，像這種美少女類型的人偶，總是讓人在意裙底的模樣吧？總之都會倒過來看看吧？」

「如果想用這種藉口，請在我講話之前，在我可能只是人偶之前掀裙子。」

斧乃木這麼說。

雖然狠狠吐槽我，但語氣平淡至極、不自然至極，聽起來像是照本宣科，甚至可以形容為加工過的聲音。

她以這種語氣這麼說。

「總之我不是普通的人偶。我是人偶，卻是非比尋常的人偶，人形之偶。」

「…………」

「咿耶～」

她突然擺出勝利手勢。完全無視於對話的勝利手勢。

雖然這姿勢超級可愛到要命，臉上卻沒有表情，和剛才在玻璃箱裡一樣無視於旁人面無表情，所以這種反差很另類。

不是反差萌，是另類萌。

「總之鬼哥，好久不見。」

「不准叫我鬼哥。」

「忍姊也好久不見。」

斧乃木就這麼將視線移到我的頭上這麼說。她的視線前端肯定是騎在我肩上的金髮幼女。

「不准叫我忍姊。這是怎樣？吾等是何種關係？」

「對不起。我就大方說吧。老實說，我忘了曾經和妳處於什麼關係，吸血鬼小姐。」
「就知道是這樣。汝之記性真隨便。」
忍扔下這番話。
果然是因為第一印象很差吧，忍對斧乃木的態度有點嚴厲。該怎麼說，這個幼女意外地記恨。
相較之下，眼前的女童堪稱毫不記恨，總之角色定位不太穩。從至今和她的相處也知道，她的性格不固定。
搖擺不定。
不對，她每一次都具備自己的角色特性，至少看起來具備，卻在轉眼之間擴散、雲消霧散，變質為不同的東西。
基於這層意義，這是怪異淺顯易懂的性質，或許不應該形容為搖擺不定。
那麼，她現在的角色性質究竟成為什麼樣子？
感覺講話很毒，應該說態度很差……
「啊，斧乃木小妹，斧乃木的余接小妹，我猜……」
「鬼哥哥，鬼的鬼哥，什麼事？」
「這也太鬼了吧？」
「你在玩『川島教授的大腦魔鬼訓練』吧？」

「我身為考生對這個遊戲感興趣，不過別以鬼這個字聯想到這個遊戲，不要連結起來。我猜……」

我回到正題開口。

說出沒有根據的預測。

「我猜，妳最近是不是見過貝木泥舟？」

「見過～」

斧乃木面不改色點頭。

這樣啊……

據說斧乃木余接的姓氏「斧乃木」裡的「木」來自貝木——來自那個不祥的騙徒。

好像是因為他參與這孩子的「製作」，不過這方面我不清楚。

所以這個推測幾乎是亂猜，不過意外地猜中了。

不過就算猜中，我也不高興。

這樣爛透了。

那個騙徒竟敢對嬌憐的女童造成負面影響。

「……哎，算了，總之算了。」

影響終究只是影響。

即使是負面影響，依然是影響。

總比見到貝木本人好得多。

「斧乃木小妹，好久不見……但也沒這麼久吧？」

「說得也是，忘記是多久以前了。何況我跟忍姊、鬼哥聚在一起也……啊，不過那個蝸牛女生……」

「…………」

「嗯？」

斧乃木歪過腦袋，看來對於自己的冒失發言沒什麼感想。

不過在那個時候，在幼女、女童與少女齊聚一堂的那個時候，確實令我印象深刻。基於不同意義、各種意義、所有意義，令我印象深刻。

「總之鬼哥，雖然累積很多話想聊，累積一大堆話題想聊，但現在也不是聊這種事的時候呢。這次我不是以朋友身分來玩，是來工作的。我忘記到現在才想起來，抱歉抱歉。」

「斧乃木小妹……」

斧乃木不經意透露她當我是朋友，得知這件事的我不經意感到開心，不過最後那句「忘記到現在才想起來」搞砸了大半。

這代表我只不過是她會不小心忘記的朋友，不過現在的我們確實沒有一邊吃冰一邊和樂玩在一起。

就旁人看來，或許像是高中生到百貨公司遊戲區應付、保護這兩個幼女與女童（應該說如果看起來不像這樣就糟了），實際上卻不是這樣。

我是來向這孩子求救的。

向她這個專家——專家的式神求救。

向憑喪神斧乃木余接求救。

「……話說，斧乃木小妹。」

「什麼什麼？咿耶～」

即使受到貝木的影響，以前那種反應莫名開朗的個性依然大致殘留下來，所以斧乃木的個性變得更複雜、奇怪又令人為難。我像是要穿過她勝利手勢的指縫般說：

「我想問兩件事。」

「儘管問吧，我最喜歡鬼哥了，就算你不問，我也想回答。」

「…………」

想到她這種性格某部分可能是被貝木影響，我就有點抗拒……不過那個傢伙或許會說出這種輕浮的話語。

同一句話出自不祥的喪服男性以及可愛的女童口中，給人的印象完全不同。

如果是貝木這麼說，大概毫無俏皮可言吧……

「斧乃木小妹，妳怎麼在夾娃娃機裡？」

「我在等鬼哥喔，要會合。身為社會人士，五分鐘前集合是天經地義吧？」

「是啦……」

「還是你想主張『博多時間』？」

「博多時間」是指比預定時間晚一點會合（的樣子）。

「還是想再往南一點，主張『沖繩時間』？」

「沖繩時間」是指比預定時間晚很久會合（的樣子）。

「不好意思，鬼哥，雖然不是炫耀，但我十五分鐘前就抵達了喔，因為我是被姊姊灌輸運動健將基本常識的小嘍囉。」

「基本常識啊……」

我想問的是她為什麼鑽進那個玻璃箱（也想順便知道她為什麼想鑽進那個夾娃娃機等我），但我沒問到答案之前，她就先說出「姊姊」這個關鍵詞，所以我只好提出第二個問題。

第二個問題。

「姊姊」。

「那個……影縫小姐她……」我悄悄不經意地觀察周圍之後問：「她不在？也就是說，斧乃木小妹，妳一個人？」

「不不不。」

斧乃木指向我。

原本想說她為什麼要指著我，不過她的手指靜靜朝上方傾斜，也就是成為指著忍的角度。

就算這樣，也只不過令我心想她為什麼要指著忍，不過斧乃木也不是在指著忍。

她指著……

仔細想想，因為「例外較多之規則」這個斧乃木專屬必殺招式而成為頂極凶器的這根指頭並不是指著我，也不是指著忍，而是指著更高的地方。

更上面的地方。

上方？

不過，忍上方應該只是遼闊的空間才對……如此心想的我揚起視線。依照人體構造，揚起視線也看不見自己的正上方，不過在這個時候，只要看到「幾近正上方」就夠了。

坐在阿良良木曆肩膀上的忍野忍。

坐在人類肩膀上的吸血鬼。

繼續往上……我看見了。

影縫余弦。

活在現代，極度暴力的陰陽師。

她單腳站在忍的金髮上。

穿著鞋子站在那裡。

「歡迎光臨。」

光臨的是妳。

009

即使是失去能力的狀態，即使是幼女狀態，不過引以為傲的金髮被人穿鞋踩在上面的體驗大概造成重創吧，忍窩進我的影子不出來了。

這可以當成放棄保鏢職責的行為，是值得信賴的搭檔絕對不能做的家裡蹲行為，不過考量到她的內心就是如此受到打擊，我也沒心情責備她。

畢竟中間隔了忍，就算沒有隔著忍，只是被女性站在、踩在頭頂，我的內心也不會柔弱到因而覺得屈辱，但我確實還是嚇了一跳，還是嚇得不禁站了起來。

我發出哀號迅速起身，但影縫完全沒失去平衡，就這麼一臉老神在在，繼續動也不動站在忍的頭上。

而且我完全感覺不到重量。

她彷佛浮在空中。

不是忍又小又輕，也不是昔日戰場原失去體重時的樣子，是完全沒有重量。我這個比喻應該不太正確，不過我覺得像是目睹了精美的幻覺藝術。

如果忍是紙工藝，影縫就是紙氣球。

武術高手大概可以藉由重心的移動消除重量吧，不愧是和火憐師父旗鼓相當的實力派……我硬是以這種方式讓自己接受，但光是這樣還是不足以說服我。

想要說得通根本是強人所難，根本不可能。

總之，這個人應該沒有道理可言吧。

明明比任何人都像人，卻比任何人都不像人。

「總之小哥，換個地方吧，畢竟這間百貨公司似乎要打烊了。對了，去那裡吧，之前小哥和我快樂廝殺的補習班廢墟。」

口操京都腔的她毫不倔強或矯飾，極為平凡地，輕描淡寫地說出「廝殺」這種危險的詞。

這個人就是這樣吧……

應該是這樣沒錯。

對她來說，那應該是習以為常吧。

我這樣說服自己之後，決定先接受她的提議。在打烊的百貨公司討論怪異現象也莫名令人毛骨悚然。打烊的百貨公司很適合成為怪異奇譚的舞台，何況警衛應該會巡邏，我沒辦法一直待在打烊的百貨公司。不過斧乃木與影縫或許做得到吧……

想避免火爆事件。

並不是凡事只要打鬥就能解決。反倒應該乖乖像個大人，大事化小、小事化無，才是最好的解決之道。

不過這種想法，這種可嘉的想法，或許在這兩人出現的時間點，就成為白費工夫的希望吧。

總之，我們從用來會合的百貨公司遊戲區，移動到充滿回憶的補習班廢墟。

補習班廢墟。

「廢墟」這個詞，經過這個暑假得稍微修改為「遺址」。暑假開始前，那裡是「曾經設立補習班的廢棄大樓」，即使破爛老舊依然矗立於該處（我與影縫、忍與斧乃木分別在那棟廢棄大樓交戰過），不過那棟廢棄大樓在八月底失火，完全焚毀不留痕跡，所以現在只是一片平原。

成為禁止進入的空地。

無論如何，至今在夜晚進入那裡依然令人提心吊膽，不過總之那附近更少有人經過了，依然是很適合用來談祕密的地方。

抵達空地前，我一直偷偷觀察走在前面……應該說沒踩地面，在斧乃木肩膀上移動的影縫。

各位在小學時代，在上學或放學的時候，是否玩過「地面都是海，正常行走的話會溺水」的遊戲？是否遵循過「必須靈巧地只走圍牆」的規定上下學？

不知道影縫是基於什麼心態（總不可能真的相信地面是海吧），她絕對不走地面。甚至在初次見到我的時候也是站在郵筒上。

所以影縫現在也是在斧乃木的肩膀上移動。不是剛才忍坐在我肩膀上那樣，是俐落地踮腳站在斧乃木的單邊肩膀上。

我在夏天看到這種行走方式時，很驚訝妖怪斧乃木的力氣大到可以帶著一個人走路，不過我自己被影縫站過一次，也就是得知影縫是消除重量站在斧乃木肩膀上之後，我體認到非比尋常的應該是影縫。我當然知道斧乃木也非比尋常，卻依然體認到這一點。

就算這麼說，無論給人何種印象，或是身體屬於何種構造，除了「在高處行走」這個古怪的行為，除了無法除去的這件事，影縫余弦給我的印象依然和第一次見到她一樣，是個「年長的美麗姊姊」。

感覺她是英姿煥發的女老師，或是正經的社會人士。

至少她看起來不像是和夏威夷衫的中年男性或喪服的不祥男性同類，看起來和這兩人不像是大學時代的朋友。

雖然看起來不像，但如果只看危險程度，這個人遠遠凌駕於忍野或貝木，遠遠超越。不同於可以溝通的忍野或是能用錢商量的貝木，影縫無法溝通。

無法溝通的她，比任何人、任何怪異都棘手。不對，正因為這個人比怪異還棘手，才會成為打倒怪異、使喚怪異的陰陽師吧。

事實上，即使忍現在失去能力，但影縫剛才登場的同時，就將昔日的怪異之王——前姬絲秀忒·雅賽蘿拉莉昂·刃下心乾脆又輕易地趕回我的影子裡擺平，所以她的實力毋庸置疑。

如果忍是怪異殺手，影縫就是別名「怪異剋星」的專家。專門應付不死之身怪異的專家。

「沒想到……」

抵達目的地時，抵達補習班遺址的空地，應該說荒地時，我開口了。說來尷尬，我們走到這裡的途中完全沒交談。不對，或許只有我覺得這股沉默很尷尬。

「……妳真的來見我呢，影縫小姐。」

「嗯～哈哈哈！」

依照影縫「在高處行走」的原則，進入建築物似乎就可以正常行走（因為樓板不是地面），不過這裡只是荒地，完全是地面，所以就算停下腳步，她也沒有從斧乃木身上下來，維持原來的姿勢回答我。

提議在這裡談事情的是影縫自己，但我覺得這或許是她貼心提出的「公平提議」。在這種不能降落到地面的空曠場所談事情，對於影縫來說是「難以戰鬥的環境」，所以不會突然訴諸暴力……不對，有必要的話，這種事只要影縫念頭一轉就很難說。

何況，我或許只是想太多了。

因為這個人……

「阿良良木小弟，如果可以殺掉不死怪異，我會去任何地方喔，會去日本國內或全世界的任何地方喔。」

「…………」

是的。

因為這個人只是想殺掉不死怪異罷了。

我不知道理由，不懂理由，到頭來甚至不確定有沒有理由，不過影縫余弦極度討厭不死之身的怪異，甚至堪稱憎恨。

所以即使除去各方面的隱情，找這個人商量這件事也得冒很大的風險。雖然她是為了我而來，不過可以的話，如果只有斧乃木來擔任信鴿的角色，幫我和影縫溝通，是最能讓我放心的做法。

不過，人類比起喜歡的事物更精通討厭的事物，這是悲傷的事實，所以無論採取何種形式，對於現在的我來說，最合適又最合理的諮商對象無疑是影縫。

如果是這個人，肯定能解決我突兀化為吸血鬼的問題。

我自然抱持這種期待。

「不過，當然也是因為臥煙學姊的吩咐啦……阿良良木小弟，臥煙學姊似乎相當欣賞您耶，您做了什麼？」

「哪有……我沒做什麼值得一提的事。該說沒做還是沒印象，真要說的話應該是被她做了各種事，更正，承蒙她幫了各種事……」

不妙，語氣無論如何都會支支吾吾。

我明顯在提防，應該說在害怕。

在暑假，雖然高度不同，但我曾經在這裡被影縫打得落花流水，這段回憶或許烙印在我的身體。

不過接下來得受她的照顧，所以無論是否計較那段敵對的往事，我基於立場當然必須對她低聲下氣……

「是喔……哎，算了，這種事怎樣都無妨，您和臥煙學姊建立何種關係也無妨。只是以我的立場……不對。」

影縫說到這裡搖了搖頭。

感覺像是想說些什麼卻打消念頭。

欲言又止。

「算了，罷了。反正臥煙學姊有何種意圖或想法，我也只要殺掉不死怪異就好，只要能讓我這麼做，我就沒有怨言。」

「…………」

她原本大概想說些不太好聽的話，不過她中途作罷實在令我在意。

「所以呢？怎麼啦？我還不知道詳情，只是聽說有不死怪異就趕過來了。」

「是喔……」

她居然聽到這種籠統的情報就行動。

換個說法，她居然這麼想殺掉不死之身的怪異。與其說這個人是專家，她的個性根本像是殺人魔。

總之，如果是應付吸血鬼，之前那三個專家或許比較正常吧。

只是，如果她真的和那三個人一樣，我也很為難。

「說來話長……不對，不到說來話長的程度，但我可以先問一個問題嗎？」

「儘管問。」

影縫咧嘴一笑，從高處充滿魄力地俯視我這麼說。一個斧乃木的高度差距具備強大的壓迫感，鎮壓著我。

我原本打算想辦法叫出忍，努力討好忍之後拉她出來站在她身上，但還是打消念頭了。即使不是站在忍肩膀上，而是站在忍的頭上，也沒辦法和影縫等高，這種事根本無須測試，光看就很明顯。

「那個……影縫小姐與斧乃木小妹是專家吧？」

「是啊，是專家。正確來說，專家只有我，余接是式神，說穿了是嘍囉。」

「換句話說，會要求代價吧？」

代價。

這是忍野常說的詞。

該說嚴苛還是缺乏志工精神，忍野即使不是貝木那種極端的守財奴，依然會確實依照自己付出的勞力索取代價，幾乎不曾義務幫忙做事。

臥煙沒要求金錢酬勞，卻要求以友情支付，這是比錢還棘手的要求（這次也一樣，臥煙要求以友情當代價）。我將這方面解釋為他們那個業界的規則。

如果是規則，再怎麼破天荒的影縫余弦肯定也沒跳脫這個框架。

「我開門見山地問吧……大概多少？老實說，我沒有很多錢。」

「咦？我不要什麼討厭的錢啦，好麻煩。我不擅長這種瑣碎的帳務問題。這種事不重要，快點說明吧。」

「…………」

太沒原則了！

這種個性很糟糕吧？

隨興生活也要有個限度啊！

我是學生，不用付費幫了我一個大忙（不管忍怎麼說，連剛才抓娃娃用掉的一千圓，對我來說也很傷荷包），不過這種缺乏社會性的作風挺危險的，令人不想貿然拉近距離。

何況她應該不是清心寡慾吧。

畢竟身上的衣服很高級。

臥煙要求支付友情也相當恐怖，不過這個人「怎樣都好」的作風，令人看不出她的想法而害怕。貝木對於金錢的執著好歹可以用「感覺很難受」這兩個字來理解，但是影縫的狀況是「感覺很難猜」。

「感覺很難受」以及「感覺很難猜」。

依照相似假說，兩者肯定差不多，可是……

「總之小哥，您似乎經常陪余接玩，就這樣扯平吧。如果您還是過意不去，我想想，那您改天請余接吃冰吧。」

「要哈根達斯。」

至今沉默的斧乃木，突然只在這時候插嘴。雖然她沒必要對慾望忠實到這種程度，不過她像這樣說出慾望就很好懂。感覺很好懂。

甚至想在哈根達斯上面追加紅豆水果刨冰給她吃。

該怎麼說呢……

基於這層意義，就我所見，影縫現在的「慾望」只有一個，就是「想殺不死怪異」的明顯殺意，或許就是讓我害怕的原因。

「影縫小姐喜歡吃什麼食物嗎？不然……」

「沒有。能吃就行。」

「……………」

與其說不留餘地，應該說這個人真的只對「那個」感興趣。她對食物漠不關心的態度令我這麼認為。

一般人就算沒有特別喜歡或討厭的食物，只要不厭其煩地詳細調查，依然查得出喜歡或討厭的食材，不過從影縫剛才的冷淡反應，連一丁點可能性都沒有。

到最後，這個人的「恐怖」不是因為暴力或是無法溝通，而是缺乏這種人味吧。

我在這時候如此心想。

超脫人類的範疇嗎……

這麼一來，以閒聊拉近距離，或是打造溫馨氣氛的做法，對於這個人來說應該完全沒意義……她說我不用支付代價、不支付代價也無妨，就某方面來說令我不自在，不過硬是塞錢給不收錢的人也很奇怪。

我將這種不自在的感覺當成自己的問題吞下去（而且將來要找機會請斧乃木吃哈

根達斯。不是迷你杯，是甜筒那種），對影縫進入正題。

「鏡子……」

「啊？」

「鏡子照不出我。」

「…………」

接下來，影縫沒有附和，當然也沒有打岔，說穿了就是一臉正經聽我說明。聽我說明自己化為不上不下的吸血鬼，化為和忍野忍無關的吸血鬼。專注聆聽。

「……原來如此。」

我說完時，影縫終於像這樣點頭回應。

「妹妹。您的妹妹，她還好嗎？阿良良木月火，月火小妹。」

「不，這不是重點……」

「聽過剛才的說明，怎麼可能有人不在意和妹妹一起洗澡的變態？你們到底洗多久啊？不提這個……」

影縫即使說到我的痛處，依然改變話題。

關於我和月火搶洗澡這件事，即使是影縫似乎也忍不住想吐槽，但她還是只對不死之身的怪異感興趣，切換心情的速度快到嚇人。

「可以問幾個問題嗎？」

「好的，請儘管問。」

「依照您的記憶就好，您最後一次照鏡子是什麼時候？」

「？」

「也就是說，更衣間有鏡子吧？您脫衣服的那時候，鏡子有照出您嗎？浴室的鏡子也不是一直起霧吧？當時怎麼樣？比方說妹妹幫您潤髮的時候怎麼樣？如果這部分不記得，回憶您昨天睡前刷牙的時候也行。」

「……………」

聽她這麼說，就覺得我應該立刻思考這一點。我滿腦子都是鏡子照不出我的異常現象，卻還沒思考這個現象究竟從何時發生。

雖然我處於混亂狀態，但這是我的疏失。

我試著搜尋記憶。

雖然試著搜尋，心裡卻完全沒有底。畢竟「照鏡子」對於人類來說是家常便飯，不會特別注意。

即使曾經記得每一瞬間，也絕對不會記得太久。不過，如果我昨天刷牙就這樣，我終究會在那時候察覺不對勁，所以應該可以判斷當時鏡子照得出我。

在更衣間脫衣服的時候，應該也可以這麼說吧。如果當時鏡子沒照出我，我肯定會察覺。所以果然……

「鏡子最後一次照出我，我想應該就是在那之前……在鏡子起霧之前吧……所以我認為鏡子在那時候第一次照不出我。」

「嗯……腳趾甲。」

「啊？」

「趾甲，讓我看看。」

我聽到這句話，伸出雙手擺成幽靈的樣子給影縫看，她隨即不悅地扭曲嘴角。

「我是說腳趾甲。」

她說。

我想也是。

影縫不可能對我的彩繪指甲感興趣。

何況我又沒做指甲。

話是這麼說，不過站在空地的我，要讓站在女童肩上的人看我的腳趾甲，老實說我不知道該擺什麼姿勢。

總之只能直接上陣，盡量試試吧……我脫下一隻腳的鞋子，再脫掉襪子，將襪子揉成一團塞進鞋子，然後擺出新體操的Y字平衡姿勢，將一隻腳伸向影縫。

「這姿勢真古怪呢。」

這個人要求我這麼做卻講這種話？

我還來不及這麼想，影縫就抓住我努力抬高的腳（但我終究沒能和Y字平衡一樣抬那麼高，這是我身體柔軟度的極限），拿到她的面前。我以為免不了往後翻，應該說我幾乎要往後翻了，但影縫以臂力穩穩抓住。

換句話說，她光是單手抓住我的腳踝，就支撐起我全身的體重。這個人的臂力太誇張了。

動畫版的暴虐模樣，或許意外不是誇張的表現。

「鏡子啊……」

「啊？」

「鏡子照不出身影確實挺恐怖的，不過也有怪異只會被鏡子照出來喔。」

「啊啊……說得也是。」

雖然我想不出具體的名字，不過我聽過只會被鏡子照出來的幽靈、住在鏡子裡的惡靈，或是以鏡子為主體的怪異。

不勝枚舉。

我不認為這件事和我現在的狀況有直接關係，影縫大概只是隨口說說，當成確認腳趾甲時充場面的閒聊吧。

「那孩子，那個吸血鬼——前姬絲秀忒・雅賽蘿拉莉昂・刃下心怎麼說？」

「唔～……那個因為妳而鬧彆扭的幼女說……這個傷原本應該是細微骨折，不過從裡到外逐漸復原，現在骨頭已經完全康復。這是今天早上的診斷。」

「原來如此，今天早上是這樣啊。您自己看。」

「什麼……咿咿咿咿？」

影縫進一步操作我的腳踝，將我的腳趾甲、我的腳趾尖壓到我面前。我的姿勢已經超越Y字平衡變成I字平衡了。

終究會痛。

股關節在哀號。

應該說我很自然地在哀號。

「看，已經完全好了。」

「…………」

坦白說，我現在的姿勢沒有安全、穩定到足以確認趾尖這種細節，但我還是勉強注視，發現影縫說得沒錯。裂開的趾甲癒合，血痂也消失了。

區區小趾使用這種詞似乎有些誇大，不過確實「完全回復」了。

是的，彷彿吸血鬼的回復能力……

「乍看沒辦法從外表確認是否細微骨折……不過用不著照X光，光看就明顯看得出來趾甲復原了，而且一般來說，趾甲終究不可能一天就復原……」

我說出這番話確認現狀。

確認可接受的部分，以及無法接受的部分。

「不過，影縫小姐，好奇怪，這樣好奇怪。我出門之前，為了出門而穿襪子的時候，還沒有回復得這麼完整，應該說和今天早上接受忍診斷的時候一樣……至少表面上沒有治好。」

「鬼哥，這個原因很明顯吧？又明又顯吧？」

回答我這個疑問的，是影縫下方的斧乃木。她豎起一根手指（這或許是她的習慣動作，不過知道她手指威力的我動不動就被嚇到）指向空中。

指向夜空。

太陽西沉之後的黑暗夜空。

「……啊啊，原來如此，吸血鬼的能力入夜會增強是吧……」

「而且應該也充分沐浴到月光吧。吸血鬼不是以日光浴，而是以月光浴治癒傷口。咿耶～」

斧乃木說出「咿耶～」的瞬間，影縫從上方賞了她一拳。這種教養方式很暴力，但我並不是無法理解影縫的心情。

……不過我得為這個「咿耶～」負一點責任，沒資格這麼說。

「所以忍的診斷，忍推測我化為吸血鬼，果然是正確的吧？」

傷口不是單純癒合，是以夜行怪異的能力癒合——肯定是吸血鬼的能力。

「不，我還不能下定論，畢竟沒看過一開始的傷。喂，余接。」

「姊姊，什麼事？」

「來。」

影縫說著移動我的腳踝。不是放下來，而是比Y字平衡的夾角小一點，大概九十到一百度。

她就這麼將我赤裸的腳壓在斧乃木臉上。完全密合。我的腳底用力按在女童的臉頰，構圖頗為倒錯。

這是在做什麼？用這種方式取悅我要做什麼？我感到疑惑。

「調查吧。」

影縫如此指示斧乃木。

「是是是。」

斧乃木以有點反抗的態度說完，從影縫手中接過我的腳踝。我的腳可不是接力用的棒子。

實際上，比起影縫抓我的腳踝，斧乃木抓我的腳更令我害怕，而且是非比尋常的害怕，不過在這時候換手令我感到安心。

話是這麼說，但我只安心短短數秒，只限於影縫將我的腳轉交給斧乃木的這段時間。斧乃木立刻就將我的趾尖當成奶嘴含住，身經百戰的我也不禁為她這個動作感到戰慄。

忍那種搓揉折磨的方式同樣有點過火，不過這種含在嘴裡吸吮的方式不只是過火，還有種火上加油的感覺。

何況又不癢。

「嘎哩嘎哩。」

「慢著，別用牙齒！別咬啊！」

「只不過是小趾，不要呱呱亂叫。」

「呱呱～！」

我感受到生命危機而縮腳。影縫抓腳的時候，我就算扯斷腿也縮不回來，斧乃木抓腳的時候不是用單手而是雙手，不過她大概是專心吸吮吧，我輕易就將腳抽回來。

「余接，怎麼樣？」

「驗證中。」

「這樣啊。好啦，阿良良木小弟，余接還在驗證您的腳味，我們先進入下一個步驟吧。手伸出來。」

「手？」

「嗯，像是讓我看手相那樣。」

剛才影縫要求看腳趾甲的時候，我誤將手伸給她看，難道當時不能檢查嗎？順序很重要嗎？這麼說來，同樣是專家的忍野似乎也說過這種話。

不過，影縫這時候說的「步驟」，不是這種「重要的順序」。

看來我最好別再把這個人當成忍野的同類。

我聽話伸出手。

影縫溫柔接過我的手，確實像是要看手相，令我以為她真的要看手相，要以手相釐清我的現狀，但是並非如此。

「喝啊！」

她發出這樣的吆喝。

基於相似假說，這聲吆喝應該形容為「折啊！」才對。我伸出手之後，影縫抓住我的食指與中指，朝著錯誤的方向折彎。

「咿……咿呀啊啊啊啊啊啊啊啊啊啊啊啊啊啊啊啊啊啊啊啊啊啊啊啊啊！」

「吵死了。反正我架了結界，您再怎麼人喊或打滾都沒問題，隨您便吧。」

什麼時候架的？

感覺她應該沒時間架設結界，但她這方面的本領不愧是臥煙的徒弟（？），可惜我不可能有餘力佩服這種事。

到頭來，我甚至沒心情問她結界的事。

是沒錯，我至今屢次受傷，不曉得死過多少次，基於這層意義，大家經常認為我早就痛到習慣了，但是沒有「痛到習慣」這種事。到頭來，吸血鬼治療傷勢是「復原」這種性質，不會和一般的骨折一樣，在康復之後變得更強健。

所以我毫不客氣當場跪倒，依照影縫的建議一邊大喊一邊打滾。

「好痛啊啊啊啊啊啊啊啊！妳，妳，妳做什麼啊，影縫小姐！突然這樣……好痛好痛好痛好痛……」

「啊啊，不行不行，不可以只是打滾，要試著治療手指，心想要治好手指。這是在測試您的回復力。」

「測……測試……？」

也就是說，這種暴力行為，這種不被容許的暴行，和忍之前以尖指甲抓我皮膚一樣？

影縫在測試我身體的回復力？

不，以順序來說，這種事確實得排在後面，但是等一下。

妳為什麼做起事來比怪異還要暴力至極？

「以您的意念、您的概念，努力治好手指吧。您想想，是右手手指耶？折成那樣、斷成那樣，至少一、兩個月才接得回去耶？努力治好吧，不然用這種手指沒辦法好好準備考試吧？」

「唔……」

用這種事當成動機有點薄弱。

手指骨折反倒可能成為我不必繼續用功的理由，類似「啊啊，既然受傷就沒辦法了」這樣。

不可以小看高中生想偷懶的慾望。

該怎麼說，必須具備讓我想要盡快治好斷指的動機。好痛好痛，要死掉了。雖然手指骨折應該不會致命，但我要死掉了。

仔細一看，手指顏色變得超恐怖。

影縫究竟是怎麼折的？

別說一、兩個月，這該不會一輩子都不會好吧？

「咕……嗚嗚嗚嗚嗚嗚嗚嗚嗚嗚嗚嗚嗚嗚嗚嗚嗚嗚嗚！」

思考吧。

思考吧，思考吧，思考吧。

全神貫注想像。

非得治好手指。非得治好手指。非得治好手指。非得治好手指。

非得治好手指。

「非得治好手指……不然沒辦法摸羽川的胸部！」

不對，就算治好也沒辦法摸。

不過對我來說，這個動機似乎不只合適而是完美，因為內出血而變成紫色，應該說已經變成黑色的兩根手指瞬間回復——復原了。

「……您這個青春少年也太飢渴了吧？」

影縫嘴裡這麼說，臉上卻笑嘻嘻的。

這種年長姊姊的包容感是怎麼回事？她甚至不覺得傻眼？

「不過，這種回復力，這種回復的方式，您表演得很好。所以余接，妳的驗證結果怎麼樣？」

「還在驗證……現在大約百分之八十四。不過，總之大致確認了。這應該是吸血鬼化，忍姊的推測是對的。只是……」

「只是？」

她用了令人在意的詞。

「嗯，只是……不，我不方便說下去。」

「喂喂喂，聽妳這種語氣，不只是讓人在意的程度吧？」

「可以的話，我個人希望先和鬼哥的父母說明。」

「…………」

斧乃木如同人偶、如同屍體般面無表情，所以總是很難看出她說的是玩笑話還是真話，但我希望她這番話是玩笑話。

她想宣告什麼事？

「所以……那個，斧乃木小妹，這是開玩笑吧？是說著玩的吧？」

「總之，向父母說明是開玩笑的……不過，希望你叫一下忍姊，叫一下窩進影子裡的忍姊，我也想徵詢那個鬼的意見。」

「哎，也對。我會為剛才站在她頭上的事情道歉，所以叫一下前姬絲秀忒・雅賽蘿拉莉昂・刃下心吧。」

「這樣啊……」

她們說得很合理，我個人也想徵詢這個搭檔的意見，所以既然她們要求我叫忍出來，我也沒理由拒絕。不過我今天早上已經用掉王牌了。

要是同一天用虛構的甜甜圈當誘餌叫忍兩次，到時候我真的可能會被打成甜甜圈。吸血鬼在晚上可以稍微取回能力，所以現在的忍或許能在我身上打洞。

這麼一來……

「影縫小姐，不好意思，我可以去附近的 Mister Donut 買些甜甜圈嗎？」

「搞啥啊？」

她用關西腔吐槽。

我莫名開心。

「別搞得這麼麻煩，快點叫那孩子出來。要是拖拖拉拉的，我就把手伸進您的影子，把她當成內臟扯出來。」

「當成內臟？」

這是用在「扯出來」的比喻嗎？

「像是要扯掉那頭金髮般一把抓……喔？」

影縫正要說得更暴戾時，忍野忍如同全部聽在耳裡，從影子現身了。

不像今天早上充滿活力高舉拳頭登場，而是充滿威嚴，連服裝都換成高級禮服，威風凜凜地現身。

感覺她眼眶腫腫的，熟知忍的我不得不懷疑她是否一直在影子裡哭，不過忍雙手抱胸掛著淒滄的笑容，抬頭像是傲視一切般登場，所以我不敢這樣吐槽。

「喔，前刃下心，抱歉剛才不客氣地踩了妳的頭。」

「…………」

「…………」

「…………」

真不長眼。

明明是大人卻這麼不長眼。

而且這個人嘴裡在道歉，卻毫無愧疚之意……雖然只是我擅自猜想，但影縫絕對不會承認自己有錯。

「嗚……咯咯！」

即使如此，忍依然努力笑了。

嬌憐到令我不禁落淚。

「咯咯。汝等似乎調查吾之主完畢了。為吾代勞辛苦了。汝等人物亦幫得上吾之主，代表世間依然是天生汝才必有用呢。」

「哈哈，害妳非得硬是這樣逞威風，真的很抱歉。我不是故意的，只是剛好看到有個似乎很方便降落的頭，就忍不住踩下去了。」

「…………」

拜託別說了。

不要明明不長眼卻看透她的心理。

居然說「似乎很方便降落的頭」……活了將近六百年的忍，應該沒聽過別人講這種話吧，這番話對她來說肯定很屈辱。

「咯……咯咯！」

即使如此，忍依然笑了。好堅強的毅力。應該說明顯沒退路了。

「人……人類啊，講話小心點。即使是專家，而且是不死怪異之專家，以為熟知吾就大錯特錯了。吾現在不殺汝，是因為期待汝解決吾主之身體問題，可別忘記這一點喔，咯咯！」

「慢著，我不是道歉了嗎？我剛才踩妳的頭，踩了妳自尊心高卻很矮的那顆頭，但我不是道歉了吧？別記恨啦，別因為是夜行怪異就消沉啦，抱歉抱歉，我會小心再也別踩妳。」

「…………」

忍終於沉默了。

這樣下去，忍野忍可能會和以前一樣數個月不講話。

「影縫小姐，請別再說了。」

如此心想的我出面叫停。

聽我這麼說的影縫愣了一下，看來她真的沒有惡意，是無心這麼說的。個性真惡劣。

難怪大家（甚至包括貝木）都討厭這個人。

「忍也死心吧。不用為了取回過去卻撕開傷口。」

「可……可是……」

不要噙淚拉我的袖子。

這樣太可愛了吧？而且也太可憐了。

「當時妳保護我不被影縫小姐踩頭，那是奉獻自己的自我犧牲。這麼想就可以保住自尊吧？」

「嗯？啊，對喔！沒錯沒錯，吾是在保護汝這位大爺。喔喔，吾真帥！」

瞬間就恢復心情了。

雖然是可愛過頭、可憐過頭的傢伙，卻同時也是麻煩又好騙的傢伙。

「我居然輸給這種傢伙……」

斧乃木如此低語，不過恢復心情而愉快不已的忍似乎沒聽到，這大概是唯一的救贖吧。不過別說救贖，感覺影縫以外的所有人都變得不幸。

「好啦，角色湊齊，情報也湊齊，代表答案也湊齊了。總不能加一段『給讀者的挑戰』，所以進入解決篇解謎吧。」

「解謎……」

影縫這番話令我感到不對勁。

「鏡子照不出我」與其說是謎，我覺得只是一種現象……

「吾准。開始吧。」

忍說。

恢復心情的忍表現得落落大方。雖然一開始就被踩頭確實令她嘗受到屈辱，但她身為昔日的怪異之王，至今應該依然對影縫與斧乃木抱持「不會輸」的自信與自負吧。不過這份自信與自負是否可信就暫且不提。

「阿良良木曆——鬼哥哥，你的肉體現在……應該說正在一點一滴化為吸血鬼。這就是現狀。」

「化為吸血鬼……」

「從人類逐漸變成吸血鬼。記得這在生物學叫做『變態』。嗯，這兩個字很適合鬼哥。」

「…………」

不好笑吧？

一點都不好笑吧？

會變得面無表情吧？

總之，依照忍今天早上的驗證，以及影縫剛才在這裡進行的驗證（實際上是暴行），我已經明白這一點，所以事到如今不會嚇一跳。

「化為吸血鬼嗎……唔～」

「怎麼回事，小哥，您意外冷靜呢。」

「沒有啦，因為至今我也好幾次成為吸血鬼……終究不會和春假第一次成為吸血鬼的時候那樣慌張。雖然在專家面前這麼說像是大誇海口，但我這一年經歷的大事可不是蓋的……」

最近這幾個月更是驚濤駭浪。

像是八九寺的事、千石的事。

以及那個轉學生的事。

「大事啊……」

斧乃木說。

暗藏玄機的複誦。

「但我覺得鬼哥哥經歷的不是大事，是蠢事。」

「啊？」

「沒事。」

斧乃木搖了搖頭。

這種嘴裡不饒人的挖苦謾罵應該是貝木的影響，不過她說得過於拐彎抹角，不知道繞到哪裡去了，所以我這時候聽不懂她在說什麼。

我剛才大誇海口的說法真的大誇海口嗎？我這個外行高中生的說法激怒她這個專家嗎？不過斧乃木應該不是這種個性才對。

無論如何，每次見面都會改變性格的她難以應付。這種古怪個性適應不來。

「余接，說『蠢事』太過火了吧？阿良良木小弟或許確實經歷不少蠢事，不過這方面的責任不在我們身上。」

影縫講得莫名其妙。不知道是否在幫我說話，但我完全聽不懂話中意圖。

回過神來，已經晚上九點多了。

即使費了不少工夫，不過考量到會合時間是七點，我差不多想得知真相了。

「說到為什麼鬼哥開始變態……說到變態為什麼變態……」

她堅持玩這個哏。

我不知道是什麼原因，不過可能是記恨某些事吧。

「這個現象和前姬絲秀忒・雅賽蘿拉莉昂・刃下心無關。我想這也是早就明白的事，卻也是重要到想再三強調的事。」

「和忍無關……但我真的可能和忍這個前吸血鬼無關，逕自化為吸血鬼？」

「可能喔。忍姊，基於這層意義，我想做個最終確認，妳其實心裡沒底吧？在立場上算是妳主人的鬼哥哥現在變成這樣，妳不知道原因吧？」

斧乃木看向忍這麼說。

「若是知道就不會拜託汝等了。」

忍不悅地回答。

「也沒聽忍野說過吧？」

「沒聽過。那個人對吾說那麼多，吾確實並非全部記得，大部分都當成耳邊風，但若是如此重要之事，吾不會忘記。」

「哎，我想也是。」

忍堪稱強勢的這段話，影縫像是早已預料般認同。

「也對。我覺得這應該也是超乎忍野預料的狀況吧。可以說是反常，也可以說是意外。如果他早知道會變成這樣，應該不會放任這種危機。」

「超乎忍野預料……？可是，真的有這種事嗎？該怎麼說，如同看透一切的那個傢伙，卻沒預料到這種事……」

這種形容方式，光是想像就令我毛骨悚然。

「……忍野並非看透一切吧？何況這部分該怎麼說，他不像臥煙學姊看透、看穿一切，並且全部打理妥當。忍野在這方面比較嚴肅面對，應該說比較認真，就我看來，反倒是不計較得失，作風隨興又彆扭的貝木比較溫暖。」

「…………」

雖然我不太願意使用「溫暖」這個形容詞，不過貝木雖然在金錢方面錙銖必較，那種細膩又小心眼的做法也同時具備人情味。

「雖然這麼說，但這次只是超乎預料。換句話說是忍野咩咩──看透一切的忍野沒看透的現象。」

「忍野……沒看透的現象……」

實際說出這句話，就體認到這是極度異常的狀態。影縫從學生時代就和忍野來往，應該知道他一些失敗的經驗，就這樣的影縫看來，這或許是意外「可能」的狀況。不過我是今年的第一學期一直受忍野照顧，一直看著忍野的「看透」至今，就這樣的我看來，這只像是惡質的玩笑。

惡質的玩笑，惡質的現實。

惡質的奇怪現象。

「這應該是不得了的事吧？我身上發生至今沒經驗過的現象，前所未有，以往的經驗完全派不上用場……」

「講得真誇張呢。哎，現在居然還有事情超乎忍野的預料或違背忍野的預測確實很罕見，不過阿良良木小弟，在這種狀況，您居然對這種事這麼驚訝，由我的立場來看有點滑稽。」

「滑……滑稽？」

不，從影縫這位專家兼忍野的老朋友來看，我驚訝的樣子或許挺滑稽的，但也不用明講吧？

我會受傷吧？

這個人到底多麼不會察言觀色啊……我差點這麼想，實際上並非如此。

影縫繼續說：

「因為忍野這次沒看透的不是別的，正是阿良良木小弟您的行動。」

「…………？咦？」

要說驚訝，影縫這番話才是再度讓我驚訝。應該說讓我摸不著頭緒。我基本上聽不懂影縫在說什麼，不過無論她說什麼，忍野咩咩不可能沒看透阿良良木曆。

在忍野面前，我就像是扁平的宣紙，肯定連另一邊都被看得一清二楚。我在他面前始終是又薄又弱的阿良良木曆，而且真的是貫徹始終。

我至今連一次都沒能超乎忍野的預料。我和羽川不一樣。不，即使是羽川也並非完全沒被忍野看透。

「影縫小姐，請告訴我，我是怎樣沒讓忍野看透？我想這應該是影縫小姐誤會了……不過，如果發生過類似的事，我不能任憑自己被瞞在鼓裡。」

「用不著催促，我也會說的。因為到頭來，我就是為此來到這裡啊。雖然這麼說，但狀況確實變得很棘手，說不定……應該說這樣下去的話，我們可能……我與余接可能非得殺了您。」

沒有特別壓低音量或改變音調，影縫余弦在自然的對話過程中這麼說。

「…………」

「一個不小心，大概得殺了您吧。我說啊，阿良良木小弟，您的身體正朝著吸血鬼的方向變態，明確地朝這個方向逐漸切換，這件事很單純。坦白說，用不著我這樣的專家指摘，您甚至應該自己察覺了。應該有所自覺，有所醒覺了。」

影縫這麼說。

「也就是說……」

「您『過度』成為吸血鬼了。」

影縫依然以同樣的語氣這麼說。

而且接下來，講話總是極為平淡的斧乃木，也同樣面無表情接話說：

「所以鬼哥，這就是經歷太多大事、經歷太多蠢事的意思喔。在解決各種事件的過程中，過度仰賴吸血鬼的力量，所以和前刃下心完全無關，你的靈魂本身在根源上朝著吸血鬼『靠攏』了。」

「『靠攏』的意思是……」

「你化為、成為名副其實的吸血鬼了。」

010

在這種時候慢半拍插入「前情提要」有種不合時宜的感覺，身為敘事者的我感到丟臉至極，不過為了依序說明，反倒只能趁這個時候這麼做。

說到該從哪裡開始說起，當然是從春假——從地獄般的春假說起。

嚴格來說，應該是從即將放春假的時候說起？

我被吸血鬼襲擊，成為吸血鬼的吸血之春。在這之前即使渾渾噩噩，走在邊緣或是誤入歧途，依然好歹走在人類之路的我，在那個春天脫離人類之路。

大約一年前。

我成為吸血鬼之後，拯救我的不是殺害同族的吸血鬼、吸血鬼混血兒或是獵殺吸血鬼的特務部隊，而是被神選上的麻花辮班長與夏威夷衫大叔。

我從鬼恢復為人。

即使留下後遺症，依然恢復為人。

可喜可賀。

想喜想賀，也不想喜不想賀。

至此的部分已經提過了，接著先講後續一個月——黃金週的事件。這是四月底到五月初的事件，是惡夢。協助我恢復為人的最大功臣羽川翼被貓誘惑。

當時，為了擊退抱持惡意與殺意想襲擊羽川、襲擊世間一切的這隻貓，我利用的不是寶特瓶裡的水，是吸血鬼的力量。

吸血鬼之力。

我活用春假失去的吸血鬼之力，活用我原本極度避諱、搏命避諱的那份力量打倒貓。不對，沒有打倒，只是暫時封印而已。

順帶一提，取回吸血鬼之力的方式是餵血給忍，讓她這個幼女咬脖子，僅止於此。當時的忍還沒被我的影子束縛，所以必須定期餵血，不過要是在餵血時給予超越界限的血，我就會成為吸血鬼。嚴格來說是成為怪異殺手的眷屬。

成為——再度成為。

即使這麼說，接下來的第一學期，也就是忍野待在這座城鎮的時期，我動用吸血鬼之力只有神原那一次，只有她向猴子許願的那一次吧。

戰場原遭遇重蟹的時候、八九寺因為蝸牛而迷途的時候、千石被蛇纏身的時候，以及羽川再度被貓誘惑的時候，我始終是以人類身分處理這些怪異現象。

如斧乃木所說過度依賴吸血鬼之力，是在這之後的事。

例如阿良良木火憐被蜂螫的時候、火憐中貝木的計被蜂螫的時候，我使用吸血鬼的回復力，在她發高燒時分擔體溫。

再來是月火那時候。

牽扯到月火的那個事件，是我在中元時期和影縫與斧乃木開戰的那個事件。我化為不死之怪異——吸血鬼，和專殺不死之身的怪異剋星戰鬥。

老實說，我即使借用吸血鬼之力依然敵不過影縫，但總之當時或許是明顯的契機吧。

我開始化為吸血鬼的契機。

變得不再是人類的契機。

暑假最後一天到第二學期的這段時間，我頻繁化為吸血鬼、化為不死之身，處理各種怪異現象。

仰賴吸血鬼之力、利用吸血鬼之力、秉持吸血鬼之力、藉由吸血鬼之力應付怪異至今。偶爾甚至應付怪異以外的東西。

最依賴這份力量的時候，應該是千石不只一次甚至第二次被蛇纏身的那個時候。不對，應該說她自願讓蛇上身的那個時候。

大概是從那時候開始吧。

我為了拯救千石，幾乎每天都成為吸血鬼，試著解決事件。

雖然這麼做沒造成什麼結果，甚至盡是造成反效果，總之這是長達一、兩個月以上的事件。

發生這樣的事件，才有了這樣的現在。

這樣的現狀。

這樣的現象。

「總歸來說，鬼哥輕率『成為』不死怪異的次數過了頭，主動接近那一邊、接近我這一邊過了頭。不，鬼哥自己應該不覺得這樣『過了頭』，也不覺得這樣『輕率』吧……」

斧乃木說。

感覺她的語氣有點同情的意味，大概是我這個聽眾的擅自解釋吧。她只是一如往常平淡地輕聲說話。

面無表情，平淡低語。

「不……我輕率了。」

我不得不這麼說。

不得不這麼承認。

關於這方面，其實我不是第一次受到批判。「忍野離開之後，阿良良木輕率地過度依賴不死之身的力量了。」戰場原與羽川等女性們曾經這樣忠告過我。

我自己當然沒自覺。

不過，對於使用吸血鬼之力、成為不死之身，我確實逐漸不再抗拒。使用吸血鬼之力和取回吸血鬼之力的忍並肩戰鬥，甚至令我感受到神奇的羈絆。

亢奮感？

不，應該也有吧。

肯定有。

沒有就不是人了。

親自發揮超越人類、超越人智的力量，這個事實不可能不讓普通高中生內心振奮，陶醉在強大的力量之中。

「……換句話說，我因為過度頻繁借用忍的力量，所以我的存在、我自己的存在正完全化為吸血鬼嗎……？可是我自認姑且在避免這種事啊？」

這真的是忍野再三吩咐的事。為了讓忍維持於這個世間，我一輩子都得餵血給忍，不過餵血的分量絕對不能抓錯。

要是餵血過度、吸血過度，忍將再度變回怪異，變回怪異殺手的怪異之王。忍野嚴厲警告過這一點。

而且他也嚴厲警告過，這同時意味著我自己將再度化為吸血鬼。

所以，即使我為了戰鬥而讓忍吸血，我也從來沒有過度餵血，給予超過標準值的血量才對。

「不，就說了，這和忍姊無關。事件原因和你被忍姊吸血無關。不過以間接來說當然不是無關就是了……鬼哥以何種經緯、何種方法被誰吸血成為吸血鬼，並不是太大的問題。鬼哥至今只是藉助忍姊的力量『變態』，不過就算每次都藉助不同吸血鬼的力量，結果也一樣。」

「…………」

「非常簡潔易懂、直截了當地說，鬼哥，你不是過度成為吸血鬼，而是習慣成為吸血鬼。慣於成為吸血鬼了，熟練了。如今甚至不用藉助忍姊的力量都可以成為吸血鬼。」

「……慢著。」

等一下，我趕不及整理思緒。

不，其實已經趕上了，這部分我已經整理妥當也接受了，所以如果我置身事外應該會大為同意吧，或許會稱讚斧乃木推理得很好。

不過，我置身事內。

既然這是真相，是悲劇，而且是不想承認的失敗，我就無法輕易接受。

「慢著，斧乃木，變成吸血鬼……成為吸血鬼是這麼簡單的事嗎？只因為過度、因為習慣就會真的變成吸血鬼？」

「和惡魔玩就會成為惡魔，和鬼玩就會成為鬼。何況鬼哥你自己還率先變成鬼一起玩。」

「我自認……不是在玩。」

「沒錯，這只是一種修辭手法。實際和化為吸血鬼的您打過一場的我可以保證，您是認真的。不然我當時也不會收手。」

沉默至今的影縫插話了。不，斧乃木始終是以式神的身分代為表達影縫的意見，影縫與斧乃木的見解肯定一致。

「或許該說您是認真地發狂。我講常理或許很奇怪，不過按照常理，不會有人為了保護妹妹而自願成為怪物。」

「…………」

「總之，阿良良木小弟，聽在您耳裡或許唐突，但這並不是很稀有的案例。雖然不容易，卻不是罕見案例。專家之中也有人像這樣自己化身為怪異。以狹義來說和我同行的陰陽師尤其顯著。為了避免這種下場，我才會像這樣……」

影縫低頭看著腳邊的斧乃木。

以冰涼、冰冷的雙眼看著她。

「找個代理當緩衝。」

「…………」

「首當其衝面對怪異就是如此危險。忍野應該說過吧？一度遭遇怪異，就容易受到怪異的吸引。」

他這麼說過。

但是，他沒說過這件事。

「他沒說過。過度成為吸血鬼，我自己就會成為吸血鬼……那個傢伙沒說過這件事。」

「就說了，這是忍野沒看透您的個性，這部分超乎忍野的計算。不對，他一開始就沒計算，沒計算就不能說超乎計算，應該說是超乎預料。阿良良木小弟，他沒預料到您會這麼頻繁，而且在這麼短的時間內頻繁成為吸血鬼。」

「這……」

這確實超乎計算吧，不過就算這麼說，也不到超乎預料的程度吧？對。

這叫做「錯估」。

「也就是……我背叛了忍野的信賴嗎？是這樣嗎？那個傢伙沒想到我做出這種事，沒想到我這麼輕率地一直藉助不死怪異的力量，過度仰賴吸血鬼……」

那個人將忍——將前姬絲秀忒・雅賽蘿拉莉昂・刃下心託付給我，託付給我的影子，我卻背叛了他的信賴。

沒能回應他的信賴。

我將忍的力量、忍的存在視為便利的工具使用。

連那個傢伙都沒能「看透」這一點。

所以，他沒告訴我「這個可能性」。

也沒有告訴忍。

那個傢伙肯定覺得這是「失禮」吧。

「…………」

「哎，忍野基於什麼心態這麼做，我們只能憑空想像，搞不好他只是忘了。而且阿良良木小弟，假設您聽忍野說過『這個可能性』，您也不會怕到不敢借用吸血鬼之力吧？您明知自己可能再也不是人類，依然會繼續借用這份力量吧？」

這要形容為「安慰的話語」過於粗暴又隨便，我也不認為不懂得察言觀色的影縫會安慰我。這肯定只是她的感想吧。

這種狀況的我會怎麼做，真的必須實際處於這種狀況才知道。

要是事先知道，或許可以備好因應措施，卻也可能害怕到卻步。

「……回復力很慢，應該說……相較於春假成為忍的眷屬那時候，我現在的回復力與不死程度微不足道，這就證明我化為吸血鬼和忍無關吧？換句話說，我不是成為忍的眷屬，而是獨立成為一個……一隻吸血鬼個體吧？」

「就是這麼回事。總之如果要分類，應該是天生的吸血鬼吧。」

「吸血鬼有兩種，共兩種。天生的吸血鬼，以及被吸血而成為吸血鬼的人。鬼哥乍看可能歸類為後者，不過以現狀來說是前者。會化為、變成吸血鬼的人類是天生的吸血鬼。」

「……我不太懂這方面的道理就是了……」

春假那時候的說明我也聽不太懂，現在的說明感覺更加深入。

不，到頭來，將吸血鬼視為生物試圖理解生態的這種想法，我覺得根本跳脫人類所屬的框架。

「最不妙的果然是蛇神事件吧。當時鬼哥過度，過度，過度，幾乎每天成為吸血鬼。那已經不是頻繁的程度了。當時鬼哥身為人類的時間反倒比較少吧？」

「……也是啦。」

千石變成那樣、淪為那樣的責任在於我。至少我感受到責任。所以……

所以……

「……雖然難以稱得上掌握，但我大致掌握狀況了……所以斧乃木小妹，我該怎麼做？」

「『該怎麼做』是什麼意思？」

她率直回應，使我瞬間沉默，有種不好的預感而沉默。但是為了趕走這種不好的預感，我將她的反應解釋為要我提出具體的疑問，所以我重說一次。

「我該怎麼做，才能恢復為人類？」

忘記是什麼時候……不對，當然是春假那時候吧，我問過忍相同的問題。

當時忍是怎麼回答的？

不，這是往事。

當時忍怎麼回答都和現在無關。

我現在想問的，現在不想知道的，只有出自斧乃木口中的絕望回答。

「鬼哥。」

斧乃木說了。

毫不猶豫，毫無關懷。

她以人偶般的雙眼，如同人偶般說：

「不可能。沒有復原的方法。」

011

沒有復原的方法。

沒有恢復的方法。

很神奇的，斧乃木說出的這番殘酷宣言，絕望到毫無救贖的這番回答，我聽在耳裡很乾脆的就接受了。

真要說的話，我沒驚訝也沒困惑。

就這樣接受了。

這是滲入體內的回答。

滲入骨子裡的回答。

不，或許不太對。並不是沒讓我感到意外。這確實是我沒預料到的回答，不過這種意外的感覺，就像是隨便拼上去的拼圖片剛好吻合，像是查字典的時候一翻就翻到想查單字的那一頁，我對於這種極度的「恰巧」感到驚訝。

「這樣啊……」

我點了點頭。

感覺聽到我這句灑脫回應之後失笑最大聲的應該不是別人，正是我自己吧。甚至想吐槽我自己要什麼帥。

說不定類似被車撞的時候脫口說出「我沒事」的感覺。

「是這麼一回事啊，原來如此。」

「……您沒慌亂？」

斧乃木肩上的影縫疑惑看著我詢問。

「和剛才一樣，這裡在結界內部。您要哭喊打滾也無妨啊？要哭喊抱怨神也無妨啊？我可以暫時當成沒看到又沒聽到。」

「不……哎……」

仔細想想，這不是手指斷掉這種小事。我被宣告不再是人類，再也無法恢復為人類。

不是局部，而是失去人類的屬性。所以我就算哭喊打滾也完全不丟臉吧。

即使如此，我依然完全不想這麼做。

「該怎麼說……只覺得難免是這樣，當然是這樣。」

「…………」

「畢竟我這半年很亂來。不只是和妳交戰的時候……我像是理所當然，像在喝補給飲料一樣化為吸血鬼，仰賴不死之身的力量和怪異戰鬥，這份報應……」

報應？

我自己這麼說，卻覺得這個詞不太對。

我不曉得哪裡不對……不，我知道另一個更適合的詞，所以覺得不對。

不是報應。

應該說「代價」就好。

「我非得付出相應的代價吧。」

對，代價。

只不過是至今含糊帶過，隨便敷衍的事情爆發了。終於在今天早上現身、爆發了。如此而已。

沒什麼好奇怪的。

甚至還算慢了。

就像是最近發生的還債事件……的後續。

含糊帶過至今的清算行為後續。

不。

是最後的完整收尾。

從農曆來看，現在也已經過完年了，阿良良木曆也到了年度總結算的時候。

如此而已。

「代價啊……」

影縫不是滋味般說。

看表情會讓人覺得她或許意外嗜虐，只是想看我打滾的樣子。

「總之，您是心甘情願動用這份力量，所以這種結果也是在所難免，不得不接受吧。不過，您也用不著像是看開般想不開到這種程度，因為您還沒失去人類的一切。」

「……意思是？」

「雖然沒有復原、恢復的方法，卻有方法避免您的吸血鬼化繼續惡化。」

影縫說到這裡向斧乃木示意，似乎是要她繼續說明。該怎麼說，這種心靈相通令人覺得這就是陰陽師與式神。

「嗯，總之，有方法。鬼哥，有方法喔。」

「……斧乃木小妹，妳說的方法是避免我繼續失去人類屬性的方法嗎？」

「哎，是的……沒錯。鬼哥哥現在吸血鬼化的程度，人類屬性還維持多少，今後非得按照詳細步驟驗證，不過總之有方法可以維持現狀。」

「……………」

我沒有立刻詢問是什麼方法，大概是因為這樣看起來像是死纏不放，像是欠錢不還般丟臉吧。

講得好像看開了，知道有方法之後卻不能不問，這就是我的現狀。

「斧乃木小妹，是什麼方法？」

「唔~……不，在這種場合，形容成『方法』似乎不太恰當，因為沒有包含什麼具體的做法。換句話說，就是不要繼續依賴吸血鬼之力。」

斧乃木說。

「……………」

「當然可以繼續提供營養給忍姊，可以和至今一樣透過影子充電，這樣反倒不會造成問題。不過應該得拿捏一下分量，當然也要避免明顯化為吸血鬼，即使遭遇任何狀況都一樣。」

「……不要繼續依賴吸血鬼之力。」

這確實稱不上是方法。

因為我什麼都不必做。

不過，並不容易。

真要說的話，這就像是成癮症狀的治療。至今將吸血鬼的不死之身當成好用工具，當成便利工具盡情使用的我，不曉得是否能輕易戒掉。

因為說來慚愧，已經和怪異糾纏不清的我，今後肯定也會和怪異牽扯下去，繼續被拖累下去。

因為我現在也同樣被拖著到處跑。

「如果……」

這件事無須多問，但我還是詢問斧乃木求個確認。

「如果今後……我每次遇到怪異都仰賴不死之力應付，我會怎麼樣？」

「當然是變得沒辦法怎麼樣吧？別讓朋友講得這麼明啦。你的存在會愈來愈接近吸血鬼。大概剩下幾次呢……總之，絕對沒有鬼哥想得那麼寬裕。」

「我沒有樂觀認為還很寬裕，或是認為還可以再用幾次……」

不過，假設我還是人類，還保有人類屬性的時候，發生非得處理的事，並且需要依賴吸血鬼之力……

我可以不依賴嗎？

我忍不住假設這種狀況。

不過，影縫像是要從我腦中消除這種假設。

「最好不要講下去，也不要想下去了。」她說。「我剛才也宣布過、也宣戰過，如果您化為比現在更明顯的不死怪異，我以專家的立場非殺您不可、非宰掉您不可。您現在真的是即將成為吸血鬼，以比例來說大概是『具備吸血鬼屬性的人類』，但如果這個比例在將來更亂更激烈……應該不用我說吧？」

「…………」

多虧臥煙以最快的速度派影縫與斧乃木過來，我得以明白自己的處境。這是臥煙的親切與友情，但我同時覺得這也像是在警告我。

她就是這種人。

臥煙知道影縫不只精通不死怪異，而且對於不死怪異抱持特別強烈的執著，所以派她來到這座城鎮。

極端來說，臥煙派影縫過來也是考量到，如果我吸血鬼化的程度超過影縫能容許的範圍，影縫會當場除掉我。但我當然希望臥煙覺得這種可能性很低……

「做個確認，我上次之所以放過阿良良木小弟以及前刃下心，是因為你們經過忍野的申請而被認定無害。不過事到如今，您現在的立場完全處於界線上，只要稍微踩偏一步，或是看我當天的心情，阿良良木小弟，您就可能被我除掉。」

「…………」

居然要看當天的心情，這有點……

「再一次的話沒問題，或是只有這次是例外……要是您抱持這種心態反覆化為吸血鬼，您轉眼就會成為我的目標。不對，錯了，錯了錯了，當我判斷您的心態是無法這樣自制的不良品，我當下就會採取行動。與其等待您遲早化為不死怪異不如趁早解決，我覺得這才是正確的處理方式。」

「到時候吾會殺了汝喔，專家。」

此時，一直保持沉默的忍野忍這麼說。

和一派輕鬆的影縫或面無表情的斧乃木相反，她充滿恐怖的情感。

說出充滿負面情感的話語。

「吾之主若是死掉、若是遇害，若是吾擺脫束縛，取回昔日之力，汝等肯定會找上吾吧。」

「……是啊，就是這麼回事。哎，到時候我們應該會和妳打起來吧，畢竟妳的無害認定會在同一時間作廢。」

影縫絲毫不畏懼忍的殺氣，反倒是笑著瞪回去。暑假那時候，這兩人即使對立也沒有直接打起來。兩人開打的話究竟誰會贏？這完全超乎我的想像。

好一段時間，相互對峙的影縫與忍沒有開口，持續維持劍拔弩張的氣氛。

「姊姊、忍姊，這是以後的事吧？沒必要現在就激動。」

斧乃木的中肯意見粉碎了這股氣氛。

在這種場面插嘴說出堪稱不著邊際的中肯意見，這肯定是貝木的影響吧。這麼一來即使情非所願，我也不免想感謝貝木。

只限現在。

要是這兩人當場開打，我真的得動用吸血鬼之力才能阻止。

不過就算動用，大概也阻止不了吧……

「對不起，鬼哥哥。我家的姊姊如你所見，比想像中還要性急、沒耐心，只會立下短期計畫。長輩也不一定會溫柔守護晚輩喔，應該說不保證會溫柔守護。鬼哥哥，所以我想以朋友身分拜託鬼哥哥……希望你當場保證再也、再也、再也不依賴吸血鬼之力。無論遭遇何種困難，行動的時候也都不依賴不死之力。希望你這樣發誓。發誓今後的人生要活得如同人類、活得像是人類。希望你發誓。」

斧乃木平淡地這麼說。

「…………」

「我終究是式神，所以要是姊姊下令動手，我也不得不和鬼哥打。我擁有自己的情感，卻也只是擁有而已。我被打造成這種形式。」

「斧乃木小妹……」

「無妨吧？你已經充分享受過不死之身了吧？我這個屍體這麼說準沒錯，不死之身不是那麼好的東西……即使排除我們的狀況來思考也是這樣吧？現在這種程度幾乎是極限，是鬼哥以人類身分……假扮人類活下去的極限吧？」

假扮人類。

斧乃木選擇這種說法。

假扮人類的人偶選擇這種說法。

「鏡子照不出來，傷勢回復得快一點。如果是這種程度，應該也勉強可以隱瞞吧。想到曾經失去體重的她，或是想到依然擁有猴子左手的學妹……總之，回到準備考試的生活吧。那個……既然鏡子照不到，我想照相也照不到，鬼哥……准考證的相片已經拍好了吧？」

「……嗯。」

不過是長髮的大頭照。

「那就沒問題了。」

斧乃木這麼說。

究竟哪裡沒問題？我完全不知道她的基準……何況要是考上大學，應該也需要拍學生證的照片吧，但總之她這麼說了。

即使只是隨口打包票，還是幫我保證了。

「知道了啦，斧乃木小妹……以及影縫小姐，我知道了。我發誓，我再也不會藉助、使用吸血鬼之力對抗怪異。即使和怪異有所牽扯，到時候我也會以人類的立場面對，不是以吸血鬼的力量，而是以人類的智慧面對。這樣就行了吧？」

「嗯，沒錯，正是如此。您願意發誓就太好了。這是為了我們的工作、您的性命，以及前刃下心的性命著想。」

「……總覺得這個誓言輕如鴻毛呢。」

在我與影縫大致妥協的時候，斧乃木輕聲這麼說。

講出討厭的話語。

講得我好像是個討厭的傢伙。

不，或許正如她說的輕如鴻毛吧，我自己也不確定面對關鍵時刻是否能遵守這個承諾，我沒有確切的自信。

因為到最後，即使我再怎麼發誓，如果戰場原或羽川可能死在我面前，或是我遭遇相同等級的狀況，如果我化為吸血鬼能避免這種悲劇，我肯定不會猶豫。

我會不顧一切，只顧眼前。

阿良良木曆就是這種人。

這種個性很棘手，至今反而不曉得招致多少危機，我知道、學習、反省這一點，卻依然認為我這個人的輕薄程度，這種又輕又薄的個性，大概即使死了也不會改，甚至即使死不了也不會改。

真悲哀。

就算這麼說，我和影縫的這個口頭約定，也不是我害怕被修理才逢場作戲。

即使在心中不信任自己，我的神經也沒有大條到對這麼凶暴的人逢場作戲。

基於這一點，我的神經大概比微血管還細。

很纖細。

換句話說，今後我和怪異現象有所牽扯時，必須思考如何不化為吸血鬼就妥善處理。不對，不只是怪異現象，比方說剛才的假設，我必須在戰場原或羽川陷入可能沒命的狀況之前，就採取防止這種狀況發生的行動。

對，預防。預防就好。要考量狀況做好預防措施。

我就是因為做不到這一點，所以今後這輩子得過著鏡子照不出我的人生，但我更應該拿這件事來學習、反省，慶幸這件事發生在我身上，這樣想比較舒坦。

沒什麼。

斧乃木說得沒錯，比起戰場原曾經擁有的煩惱，以及神原現在擁有的左手，我只是鏡子照不出來罷了，只算是不為人知的才藝。

以這種想法讓內心舒坦吧。

對了，我得慶幸自己是吸血鬼。

如果是蛇髮女妖之類的就慘了。

因為照鏡子會變成石頭。

「何必硬是讓自己樂觀呢……這種樂觀在事後會很難受喔，明天早上起床的時候會是地獄。」

「講得真討厭……妳們兩位講的話真討人厭，這是哪門子的知情同意？沒問題的，我每天早上都被妹妹們轟醒起床，沒空消沉……那麼影縫小姐、斧乃木小妹，謝謝妳們。」

「嗯，感謝惠顧……慢著，不對吧？」

影縫總不可能在這種場面還俏皮到玩起自我吐槽，所以這應該真的只是她不小心說錯話吧。

「這邊接下來還得調查您的身體。詳細調查。」

「是嗎？」

「那當然。以為人類屬性比較強烈就不小心吃大蒜死掉，您願意這樣嗎？現在應該還不會晒太陽就化成灰，不過如果是盛夏豔陽就不曉得吧？將來到南國小島度假享受退休生活的時候，您的小麥色肌膚可能會著火耶？」

「吸血鬼怕太陽的程度，是依照紫外線強度嗎……？」

我第一次聽說。

這麼一來，講得極端一點，吸血鬼可能因為地球暖化而毀滅……

「什麼能做、什麼不能做，何種程度ＯＫ、何種程度不ＯＫ，哪裡是界線、哪裡是越線……如果預先知道這些界限，今後的生活應該也會輕鬆多吧。提供這方面的建議之後，我們專家這次的任務才算是告一段落。」

「這樣啊……」

意外地辛苦呢。而且這種工作光想就嫌煩。

我意志沒有戰場原那麼堅定，若要過這種生活，我的搭檔……忍的協助是不可或缺的。

必須有人在我失誤的時候毆打我。

戰場原的經驗果然可以當參考吧……說到我的搭檔忍，我偷看之後發現她雙手抱胸，雖然不到不高興的程度，表情看起來卻像是無法接受。

「那個……忍。」

「何事？」

唔喔。

完全不隱藏自己的心境。

完全不掩飾。

不過到頭來，我很難得知她現在是何種心境……只知道她心情不好。

「我想，這陣子應該也會害妳不方便吧……那個，對不起。」

「無須道歉。吾應該已經說到膩了，吾與汝這位大爺是同生共死之命運共同體。吾與汝這位大爺能這樣相伴本身即為方便主義之奇蹟，如汝這位大爺所說，光是這樣就應該付出不少代價。吾不覺得有何不方便或不自由之處。」

忍講得像是看開一切，但她說得沒錯。

既然這樣，她為什麼不高興？我思考之後推測，忍野忍是怪異之王，是不死之身的怪異，卻得接受天敵、接受怪異剋星的專家建議，這個狀況本身或許就令她不悅到破表。即使除去剛才被踩頭的那件事也一樣。

「這件事……當然不能拖到明天之後再處理吧？」

「是啊，這是當然的。現在的月夜讓您的吸血鬼度達到頂點，正是精準測量限度的時機。雖然我覺得不會，但即使只有萬分之一的可能性，您也不想等到明天早上看到陽光的同時消失吧？總之，一個晚上就查得出大概。」

「放心吧，鬼哥。調查大致都是我的工作……我會親自從頭到腳調查，不會像剛才姊姊那樣突然來陰的折斷骨頭測試。」

「…………」

我沒想過這個可能性，不過聽她這樣鄭重說明，就覺得正式的檢查有點恐怖……若問由斧乃木檢查是否能放心，她剛才那番話反過來說，就是告知如果不是來陰的就會折斷骨頭。

等一下。

如同剛才舔我的腳趾，斧乃木提供的說不定是舔遍我全身的服務……更正，是這種檢查。

這麼想就令我心跳加速了。

「為什麼笑得色瞇瞇的？這個鬼哥……真噁心。」

不知道這番話是受到貝木的影響還是出自她的真心，但她以相當直接的話語抗拒，意外地令我受傷。

我果然討厭貝木。

「哎，那就開始準備吧。不用打電話回家嗎？」

「不要緊，家裡相當放任我，有點吵的妹妹們今天也去參加睡衣聚會了。」

我個人是為了保護妹妹們，尤其是為了保護月火，才將她們派到神原家，不過仔細想想，感覺這是提供給我學妹神原駿河一個超大的福利。

別說睡衣聚會，神原那傢伙根本是裸睡。但願她沒在妹妹們面前脫光……

「嗯……那就好。總之我姑且聯絡臥煙學姊一聲，讓她知道沒什麼大礙。」

「…………」

說得也是，沒什麼大礙。

沒大礙。

對於一直應付不死怪異的影縫來說是理所當然，對我來說也是理所當然。

這是理所當然的事。

相較於失去千石撫子的這幾個月，簡直像是沒發生任何事。

「余接，手機。」

「拿去，姊姊。」

斧乃木不知道從哪裡取出手機——智慧型手機，遞給影縫。我驚訝於斧乃木居然有智慧型手機，不過從兩人剛才的對話推測，應該只是影縫給她保管吧。

由於非得經常走在不穩的地方，影縫應該會盡可能別帶太多東西……或許錢包與手機都一起交給斧乃木保管。

「總之，雖然很遺憾不能宰掉阿良良木小弟，不過能在一隻不死怪異萌芽之前摘掉，我今天也算滿足了，啦啦。」

影縫哼著歌操作智慧型手機，大概是寫簡訊要回報臥煙吧。但她和忍完全相反，心情很愉快。她剛才說很遺憾沒能殺我，這番話暴戾到令我戰慄，不過光看她的表情似乎不是很遺憾。

在不死怪異萌芽之前摘掉，能摘掉這樣的芽，對她來說是這麼快樂的事嗎？

「那個，影縫小姐……」

「什麼事啊？」

「請問……那個，其實我暑假那時候也想問……影縫小姐為什麼這麼熱中於殺掉不死之身的怪異？」

「啊？」

她寫簡訊的手停止了。

如此詢問的我，心想這或許是觸犯禁忌的問題，但她出乎意料只是發出反問的聲音，感覺像是專注寫簡訊，雖然有聽到我說話卻沒聽進去。

「小哥，您說什麼？」

「沒有啦，就是……影縫小姐為什麼這麼熱中於殺掉不死之身的怪異……專精這種怪異相當特殊吧？」

「嗯？是嗎？很難說，並不是這樣吧？因為到頭來，怪異……也就是俗稱的妖怪，幾乎都和死掉沒有兩樣。對吧，余接？」

「是啊……鬼哥，這部分的基準很模糊喔。依照不死之身的解釋方式，反倒堪稱姊姊專精對付所有怪異喔。」

「…………」

哎，聽她這麼說也確實如此。

到頭來，要是這麼說，那麼影縫使喚的式神斧乃木是屍體的憑喪神，同樣是影縫必須收拾的不死怪異。

這部分已經產生矛盾，應該說產生破綻，因此所謂的專精或許意外籠統。

只是憑感覺。

對了，到頭來，以「狹隘」形容影縫與斧乃木專精領域的不是別人，正是貝木。

我或許是將他的說法照單全收，才提出這種愚蠢的問題。

我得好好反省。

「實際上，我這樣專精應付不死怪異的專家，並不是沒有第二人喔。不過，像我這樣不管三七二十一就想殺個痛快的傢伙，我也只認識一個人而已。」

「……居然還有一人啊。」

我莫名覺得毛骨悚然。

身為差點被她殺掉，差點被她「不管三七二十一」的熱情與殺意收拾掉的不死怪異，我感到毛骨悚然。

「咯咯咯，不過那個傢伙幾乎已經遠離塵世，所以阿良良木小弟，您不用在意。畢竟那個傢伙連臥煙學姊的集團都脫離了，是真正的離群之馬。」影縫說。「也就是不在考量的範圍。總之，我之所以專攻不死怪異，是因為我再怎麼打也沒有下手過重的問題……嗯？我上次沒說過嗎？」

「……這我確實聽妳說過。」

不過，我質疑是否真的只是這樣。是否只基於這個原因就和不死怪異為敵。

總覺得這是過於危險的生存方式……

因為是武鬥派，所以甘願這樣嗎？

大概是刻意挑選比較困難的一條路吧。這種像是少年漫畫的角色，我在現實中只看過大隻妹這個例子。

「怎麼啦，阿良良木小弟，您想知道我為什麼走這一行？想聽這種像是外傳的故事？」

「不，我並不是在發揮湊熱鬧民眾的好奇心態……只是老實說，我在意到令我在意的程度。因為我第一個遇見的忍野並沒有特別專精哪個領域……不過到頭來，影縫小姐、貝木以及臥煙小姐也都是這樣吧？」

「就是這麼回事。但是與其想知道我的理由，真要說的話，您不如在意余接的理由吧。」

「咦？」

話鋒突然轉向，我看向斧乃木。但斧乃木依然只是面無表情看著我。

只是呆呆的，心不在焉看著我。

看著就某種程度來說已經放棄當人類的我。

「影縫小姐，這是什麼意……」

「喔？」

就在我想追問的這個時候，影縫操作的手機震動了。感覺像是寫簡訊給臥煙時被插入來電。

影縫以我看不見的角度檢視畫面，微微蹙眉，然後按下通話鍵。

「喂，我是影縫……」

她開始正常地講電話。

反正如今並不是分秒必爭，我不在意突然有人打電話介入。

不過，我注意到至今愉快的影縫變了表情。

而且是明顯改變。

「啊～……慢著，等一下。我剛好在和阿良良木小弟聊到那傢伙……學姊，不能這樣吧？再怎麼說也太殘酷了……」

學姊？

所謂的學姊，影縫口中的學姊，應該自動代表臥煙——臥煙伊豆湖。這麼一來，影縫的表情變化就其來有自，畢竟影縫似乎也不擅長應付臥煙特有的「裝熟」作風。

我個人的第一個感想是「了不起」。剛好在我和影縫她們的對話告一段落，影縫正要寫簡訊回報的這個時間點打電話過來，我覺得真不愧是臥煙。

不過……總覺得，好像樣子不太對勁……嗎？

「嗯……嗯。不過正弦那傢伙現在……這樣啊，我知道了，我會這樣轉告阿良良木小弟，首先也只能這麼做了。我們就這樣也沒關係嗎？就這樣順其自然也沒關係嗎？」

影縫後來點頭兩三次，說聲「再見」結束通話。這個人道別的時候果然很正經呢，我心想。

老實說，這時候的我完全不應該悠哉思考這種事，但我忍不住就拿影縫、貝木、臥煙與忍野做比較，這是我的壞習慣。

「阿良良木小弟，在這個糟透的時間點，有一個糟透的消息。」

「咦……？可、可是，剛才的電話是臥煙小姐打來的吧？」

慢著。

剛才那通電話肯定是臥煙小姐打的……可是等一下，影縫在電話裡完全沒向對方說明狀況，也就是沒說明我的症狀。

換句話說，她準備要回報的內容，甚至打成簡訊要回報的內容，完全沒在電話裡回報。既然這樣，這通電話當然是對方有事情要說。

也就是說，這通電話裡說的事情是壞透的消息？

那麼，「糟透的時間點」又是指什麼樣的時間點？到頭來無論是什麼時候，在收到這個糟透消息的這一瞬間，應該就是糟透的時間點了。

「余接暫時借您，所以盡快趕過去吧。」

「盡快趕去……哪裡？」

「神原駿河家。臥煙學姊的姊姊——臥煙遠江的女兒所住的神原家。盡快去見您待在那裡的妹妹們。」

影縫以犀利的眼神與犀利的語氣，犀利地這麼說。

「不對……嚴格來說，她們或許已經不在那裡了。」

012

斧乃木余接的必殺招式。

斧乃木余接是專家暨暴力陰陽師——影縫余弦的式神，她的必殺招式叫做「例外較多之規則」。我不知道這個奇妙命名的由來，不過無從妥協的這招奧義，是將身體某部分瞬間又爆發性地膨脹，以該部位攻擊對方。是不適合女童外表，極為充滿肉搏色彩的蠻力型攻擊招式。

不過，要說很像影縫式神的風格也確實如此……這個奧義的美妙之處在於不只可以攻擊，也可以用在防禦。不對，形容成「防禦」不太妥當，應該是可以挪用為迴避的招式。

瞬間又爆發性地膨脹身體，造成強烈的反作用力，只要有心就可以朝著全方位高速移動——包含前後左右，以及上方。只要利用天花板做為踏腳處，肯定也可以朝正下方移動。

而且可以將「移動」置換為「閃躲」。

以RPG的講法，就是將可以遠距離攻擊的技能直接沿用為移動魔法。換句話說，我這番話想要表達的是，即使補習班遺址空地……更正，補習班遺址荒地和神原家之間，即使硬是計算直線距離也很遠，不過只要藉助斧乃木的能力，短短數十秒就可以抵達。

「吾在全盛期同樣做得到這種事。」

忍這麼說。

實際上，如果是全盛期的她，是昔日被稱為傳說吸血鬼的她，別說移動，大概一秒就能繞地球七圈半，不過說來遺憾，現在的她不是全盛期，是衰退期的八歲兒童，只能沉入我的影子和我一起移動。

我緊緊環抱斧乃木的腰，閉上眼睛數秒之後，已經來到深夜的神原家門口。

「鬼哥哥，走吧。」

「不……等……一下……」

不愧是行家，斧乃木著地之後立刻就俐落行動，不過重點是我跟不上。

那當然，就算移動本身是抄捷徑在天空飛的火箭噴射，但我現在的軀體跟不上氣壓與氧氣濃度的變化。

我一直頭昏眼花、氣喘吁吁。

這是高山症的症狀，沒昏迷已經很神奇了。

光是身體沒散掉就該謝天謝地。

要是我現在的身體沒有化為吸血鬼，肯定會變得更慘吧。不過上次和斧乃木這樣移動時，我藉助忍的力量化為吸血鬼，卻也沒出現這種症狀。

「嗚嗚……」

該怎麼說，我自認沒有明顯依賴這份力量到這種程度，也就是沒有自覺，不過真的得知自己再也無法使用那種力量，就會清楚體認到失去的東西多麼重要。

實際上，就算變成這樣也沒有失去任何東西，我甚至因為那麼做而接連失去人類所擁有的重要東西。

「鬼哥哥，還好嗎？」

斧乃木一副不太擔心的樣子跑向我。

她是屍體，當然不在乎氣壓或氧氣濃度的變化。

「要幫你做人工呼吸嗎？」

「不……我現在沒辦法陪妳開這種玩笑……」

嗯。

我阿良良木曆居然說沒辦法陪她開「這種玩笑」，看來身體狀況真的很差。

不過一直跪伏也不是辦法，一直蜷縮在地面也沒意義。無論我身體狀況怎麼樣，現在都不該繼續跪伏蜷縮下去。

「忍……抱歉，扶我一下。」

「真是拿汝這位大爺沒轍。」

忍說完，從躲藏的影子裡登場。

緩緩冒出來。

我與斧乃木在高空滑行，地面的影子微乎其微時，這傢伙究竟待在哪裡？我忽然對此感到詫異，不過在思考這種無關緊要的事情時，忍扶住我的身體。

雖然是幼女之軀，但現在是晚上，所以挺有力的。

蠻力型幼女與蠻力型女童。

「那麼……斧乃木小妹，不好意思，麻煩再跳一次。」

「真會使喚呢，鬼哥哥，你真會使喚我呢。這次是姊姊的命令，所以我會盡力幫忙，不過鬼哥，要是連續跳得那麼高，你這次應該真的會死掉耶？」

「不，沒人要妳跳那麼高……因為啊，神原並不是一個人住。」

神原家是頗為氣派的日式宅邸。

是大宅邸規模的宅邸。

看起來就是當地財主的住處，四周以高牆環繞，還有一扇氣派的大門。雖然從外面看不見，不過裡面甚至有鯉魚池的庭院。記得叫做……對，枯山水？

總之，就是很大。

大到不行的大。

雖然不適合用來形容高貴的住家，但我只能說大到不行。住在這座宅邸的人數少到極端，不過裡面住著神原駿河以及祖父母共三人。

我之所以進行這樣的說明，是因為要是從正面、從正門入侵的時候遇見爺爺奶奶，肯定是非法入侵。「按門鈴拜訪」並不是絲毫不值得考慮的做法，不過時間上還是不太允許。這種做法的冒犯程度和非法入侵差不多。

既然這樣，我希望別走正門，無視於正當路徑，抄捷徑前往神原房間。而且抄捷徑是斧乃木的拿手絕活。

並不是要她跳到上空數千公尺高，只要翻越圍牆，翻越這道圍繞宅邸的高牆就好。

「話說……雖然最後沒能測試、沒時間測試，不過鬼哥哥現在是什麼程度的吸血鬼？雖說有回復力卻似乎很差，身體能力怎麼樣呢？反正現在是夜晚，只要下定決心努力跳，至少翻得過圍牆吧？」

「不，這不是努不努力的問題，要是冒失碰到牆壁，可能會誤觸警鈴吧？」

「我覺得事到如今讓警鈴響一下也好……如果姊姊……更正，如果臥煙小姐說的沒錯，屋內肯定已經開戰，已經開戰結束了，真的應該讓警鈴響一下。」

「…………」

不。

斧乃木像是早就知道般說出「如果臥煙小姐說的沒錯」這種話，不過除非真的和影縫內心相通，否則她肯定沒掌握神原家的現狀，那她為什麼敢說得像是早就知道？

「別問了，去了就知道。」

因為影縫堅持這麼說。

她說的「盡快」似乎不只是催促的話語，而是真的要我盡量快一點，甚至無暇說明詳情。

影縫之所以沒和我們同行，果然是因為她即使暴力到超乎常人，身體依然無法承受那種抄捷徑的移動方式吧。不過她是以智慧型手機的地圖將神原家的位置告訴斧乃木，這是先進人類的智慧。

「ＯＫ。鬼哥，抓住我吧。」

「嗯。」

「我說抓住我，並不是要把我扭送警局喔。」

「我知道啦。」

「忍姊也是，來吧。」

「吾可不想抓住汝。」

忍回絕斧乃木的邀請，鑽進影子。總之她就是不想和斧乃木和睦相處，這份氣概根深柢固到無可救藥。

「要跳了喔。」

「嗯，拜託了。」

「『Unlimited Rulebook，例外較多之規則』。」

圍牆只不過這麼高，總覺得斧乃木以正常的跳法就跳得過去，用不著像這樣規矩說出招式名稱……思考這種事情時，還來不及思考這種事情時，我與斧乃木就成功入侵神原家的中庭。

這種做法完全是魯邦三世。

「這種做法完全是魯邦三世呢。」

斧乃木說。

我以為自己的想法和她同步。

「該怎麼說，感覺好像要夜襲小可愛正妹。」

但她接著說出這種話，我們的同步率低到令我傻眼。

明明同樣是魯邦三世，形象居然差這麼多。

「『小可愛正妹』這個詞也怪怪的……而且我覺得最近的魯邦三世應該不會做這種事。總之快去神原房間吧，這裡是別人家，但我熟門熟路。」

形容成「熟門熟路」終究有點誇張，不過關於神原的房間，我自信比房間主人還熟。

自信更加熟知。

因為無論是考季還是最後衝刺的時期，我每個月都會撥兩天來收拾神原散亂至極的房間，收拾即使再怎麼打掃都像是具備倒帶功能般立刻被雜物淹沒的神原房間。哪裡有什麼東西我全都知道。

我將兩個妹妹送進神原家，絕大部分的原因在於我幾天前才打掃過神原的房間。如果是平常的神原房間，我應該捨不得將可愛的妹妹們送過來吧，不然她們將面臨被垃圾滅頂的危機。

我搭著斧乃木的肩膀，躡手躡腳在神原家境內移動。由於斧乃木說出預料之外的無謂感想，我覺得自己好像真的要夜襲學妹房間，總之我脫鞋來到走廊。在這種時候，我置身事外覺得日式宅邸的防盜功能很差，最好改善一下。

我輕輕拉開神原房間的拉門。

與其說輕輕拉開，比較像是正常拉開之後……果然。

「…………」

也不到「果然」的程度。

沒什麼，單純正如影縫所說。我們只像是來做個確認。

神原房間空無一人，只有兩床無人的被褥並排在室內。

「……不對，正常來說非得是三床吧？」

三個人卻只有兩床被褥。

究竟發生過什麼事？

這方面我並不是沒有疑問，而且是大大的疑問，總之得先採取行動。即使室內沒人，我依然小心翼翼不發出聲音進入房間。

然後檢視被褥。

雖然完全是警匪連續劇的老套台詞，不過被褥還是溫的。

我無法確定是否還沒有離開太遠，但不久之前有人睡過這兩床被褥。接著我聞枕頭的味道。一床被褥的枕頭有火憐與月火的餘香，另一床被褥的枕頭有神原的餘香。她們三人果然不久之前還在這裡。

總之，幸好是神原加上火憐&月火的組合。我暗自鬆了口氣，卻在這時候發現了。

我環視室內，發現一個前幾天來收拾這個房間時不存在的東西。

「…………」

是紙鶴。

神原的房間是日式房間，有個氣派的壁龕，不過壁龕平常只是容易堆積垃圾的空間，如果以賣人情的說法，是在我打掃過的現在才乾淨整潔的空間。一隻紙鶴像是裝飾般放在這個空間。

紙鶴這種東西不用說明，是摺紙的典型範例，我想應該沒有日本人從來沒摺過紙鶴，可是……
可是……紙鶴？
「鬼哥哥，怎麼了？」
「沒有啦，斧乃木小妹，妳看這個。」
斧乃木這麼問，所以我指向我發現的這個東西。沒有貿然觸摸應該是我謹慎過度吧。
「…………」
「沒有啦，或許妳覺得只不過是紙鶴，不過神原不會用那種東西裝飾房間，她就是這種傢伙。而且到頭來，她沒有『裝飾壁龕』的概念，只把那個空間當成方便放東西的地方。只是放易腐的本子就算了，不會放那種有品味的……」
「品味是吧。」
斧乃木說完搖了搖頭。面無表情搖頭的她，就像是具備搖頭功能的人偶。脖子暗藏彈簧，一碰就會搖頭晃腦的那種人偶。
令人想碰。
「要說品味，或許真的很有品味喔，鬼哥。拿起那個東西看一下吧。」
「咦？可是……如果這是某種線索……」
「不要緊的，鬼哥哥。如果正如我的預料就不要緊。我是式神，應該說是屍體，所以我碰那個東西應該也不會發生任何事，不過鬼哥還是人類。」

「……知道了。」

我不免在意她說的「還是」兩個字，但現在無暇討論這個。神原與妹妹們消失的現在，一直都是分秒必爭的狀況。

我拿起紙鶴。

如同在處理易爆物，拿起這隻純白的小紙鶴。

「呃！咿……」

與其說嚇到，應該說我噁心到慘叫。

我抓住這隻紙鶴拿起來的瞬間（各位別誤會，我真的只是據實形容接下來的現象），這隻紙鶴突然變成千紙鶴。

千紙鶴如同埋在壁龕底下生根，只有一隻像是嫩芽冒出地表，然後被我整條拉出來。就是這種感覺。

千紙鶴。

我覺得這是日本人非常熟悉的口常名詞之一，最常見的就是用來贈送住院的親朋好友祝福早日康復。不過像這樣突然以預料之外的形式看見，我率直覺得一陣發毛。

這應該是人類基本的恐懼之一。即使是無機物，小小的物體密密麻麻聚集在一起依然像是在蠢動，感覺很噁心。

不，或許狀況更單純，只是對於數量龐大的東西感到恐懼，不過紙鶴多到讓我發抖，光是捏著紙鶴的手沒鬆開就很了不起了。

「唔，喂，斧乃木小妹……」

「果然呢。」

「果……果然？不，如果一隻紙鶴變成千紙鶴的這個現象正如預料，那妳要早說啊？」

「沒有啦，想說鬼哥會不會嚇一跳……」

「…………」

想到這種個性是受到貝木的影響，我的不悅程度就加倍。

不，說真的，要是我的慘叫聲吵醒爺爺奶奶怎麼辦？

在這種狀況，我簡直是綁架犯吧？

無從解釋。

我將千紙鶴當成燈籠般提著，轉向斧乃木。

「所以，斧乃木小妹，這正如妳的什麼預料？」

「這是熟人的犯行喔。我與姊姊認識這個人。這是所謂的留言，以魯邦三世的形容方式，就是犯罪預告。」

「犯罪預告……？不，可是，像這樣，綁架？不是已經動手了……」

不，我錯了。

對方的目的不在綁架，在綁架之後。但是這種事絲毫無法讓我安心，神原、火憐與月火已經不在這裡的事實也沒變。

不過，發預告狀是吧……

「『那個傢伙』就喜歡玩這種像是變魔術的伎倆，喜歡懷抱惡意嚇人。這種事完全讓人無法置信吧？充滿惡意。不過，這次以鶴當留言相當直截了當。」

「意思是？」

「鳥。」斧乃木說。「以鳥的形體象徵不死鳥。換句話說，那些鶴，據說有千年壽命的鳥群，是在暗示你的妹妹阿良良木月火。」

「咦……？」

「好啦，鬼哥，確認工作完成了，結束了。回姊姊那裡吧。得讓姊姊分析那個千紙鶴才行。既然熟人插手這件事，老實說，我不曉得姊姊願意插手這件事到什麼程度……但好歹願意幫忙吧。」

013

「手折正弦，人偶師。」

影縫這麼說。

不用刻意推測影縫內心，她也肯定對「這號人物」抱持強烈敵意與厭惡感。

明顯感到不耐煩。

「正弦……?是嗎?」

這麼說來，影縫剛才和臥煙講電話時，似乎也提到這個人。但我當時不覺得這是人名。

到最後，我與斧乃木除了「犯罪預告」的千紙鶴就找不到任何線索，只帶著紙鶴返回補習班遺址的空地……應該說荒地。

「那個……」

我準備對影縫說明我看見的狀況。

學妹與兩個妹妹如同神隱般消失，被褥留著體溫。

「免了。」

但她打斷我的說明。

影縫是式神斧乃木的主人，只要她有心，似乎可以輕易知道斧乃木的動向，所以她不用我說明就掌握狀況。

沒想到斧乃木的動向完全傳達給她了。

雖說只是單向，不過真的能以內心感應呢。

居然會這樣。

這麼一來，我回顧至今似乎難免做了一點虧心事，但我只能解釋成影縫在這方面沒有完全掌握，藉以求個心安。我不想背負更大的壓力。

總之，雖說影縫透過式神的雙眼大致掌握現狀，不過直接看與間接看的感覺肯定還是不太一樣吧。如此心想的我將千紙鶴遞給影縫。

但影縫只朝千紙鶴一瞥，沒有從我手中接過去。只以看到髒東西般的眼神看著這裡。

既然不是把我這個男生當成髒東西看，應該是厭惡千紙鶴吧。

接著影縫是這麼說的。

手折正弦。

人偶師。

「妳說正弦……可是……」

我好歹是考生，立志考上國立大學。即使不提這一點，我原本就擅長數學。

正弦、余弦、余接。我知道這是三角函數的日文漢字名詞。

這麼一來，我難免想找出影縫、斧乃木以及那個人偶師之間的關聯。我似乎猜得出共通點。

只不過，看到影縫從剛才就擺出這種冷漠態度，老實說，我很難針對這方面提問……何況現在是緊急狀況，如果可以不用問，我就不想問。

現在的我，只要知道神原、火憐與月火的下落就好。

這是我的行動原則。

「嗯？」

「沒事……」

「……正弦是人偶師，嗯，總之是專家，也就是一種專家。而且和我一樣是專精不死怪異的專家。我剛才就提過吧？」

感覺她在「和我一樣」四個字加重語氣，絕對不是想強調這部分吧。

反倒應該解釋成她說到這四個字就按捺不住情緒而加重語氣，解釋成她沒辦法心平氣和講出這四個字。

不過，這部分我也不方便深究。

難以指摘。

正弦這個人和影縫是什麼關係？我並不是不感興趣，有必要的話大概也非得問清楚，不過在這種氣氛下，我不敢貿然詢問。

「妳說剛才提過，意思是……」

我慎重詢問。

影縫雖然暴力，卻肯定不會毫無理由就四處滋事，實際上或許用不著這麼謹慎，但我總是忍不住提高警覺。她胡亂發洩情緒會很恐怖。

「換句話說，這個專家就是剛才說的離群之馬吧？不屬於臥煙小姐的派系，脫離集團的離群之馬……」

「不屬於臥煙小姐的派系。」

斧乃木這麼說。

插話這麼說。

順帶一提，斧乃木不在的時候，影縫似乎一直站在附近的石頭上（我不知道在這種時候是以什麼基準區分石頭與地面，但應該有某種基準吧），不過現在回到斧乃木的肩膀上。

「不屬於臥煙小姐的派系，幾乎等於完全沒加入任何派系……因為臥煙小姐的那個組織，與其說是派系更像網路。換句話說，正弦是一台獨立電腦。」

「余接，用不著多嘴講無謂的事。」

影縫訓誡自己的式神。

我不知道斧乃木剛才那番話，究竟哪部分是「無謂的事」，不過光從這些情報，我似乎就明白手折正弦這個專家是個多麼例外的傢伙。

因為，即使是無論怎麼想都是社會邊緣人的忍野咩咩與貝木泥舟，都加入臥煙小姐的派系。那樣的兩人、那樣的兩位都加入臥煙小姐的網路。

然而，正弦不在其中。

這麼一來，我甚至無法想像這個離群之馬多麼離群。即使硬是想像，頂多只能描繪一個超脫怪人或不祥這種範圍的肖像。這個形象膨脹變大，使我畏懼。

「專精不死怪異的專家……這個人抓走我的妹妹們與學妹？那麼，這個人的目的是……」

綁架案。

因為牽扯到怪異與專家這種東西所以難免失焦，但這是貨真價實的綁架案，絕不是什麼離奇失蹤。依照狀況與進展，甚至得立刻報警才行。

不，原本九成九應該報警，但我不能這麼做，非得尋找其他解決之道的唯一因素是……

「影縫小姐，手折正弦的目的是什麼？」

「接下來最好和臥煙學姊談一談，畢竟我無論如何都會加入主觀意識，應該說加入個人情緒。我只能說，正弦這個傢伙……」

我覺得影縫在這時候刻意以見外的語氣說明手折正弦這個人。以影縫極為直腸子的個性來說相當稀奇。

「行動容易受到私怨影響，是個辦事不牢的專家。所以阿良良木小弟，狀況還沒有您想像的那麼絕望。只是……」

「只是什麼？」

「……這次您處理這件事的時候，不能和以往一樣依賴吸血鬼之力。在您知道真相而激動之前，務必要記住這一點。」

「…………」

想到接下來可能會面臨令我激動的狀況，個性即使不算性急也沒什麼耐心的我，在這時候就差點激動起來。不過我正在交談的對象，是可能在我激動的時候一拳要我閉嘴的暴力陰陽師影縫，所以我勉強冷靜得下來。

「我知道的。」我說。「要是繼續吸血鬼化，我就不只是鏡子照不出來這麼簡單吧？我知道的。」

「您真的知道？我剛才沒刻意說得這麼明，不過您不能化為吸血鬼，不只是您一個人的問題喔。」

影縫說著看向我的腳邊。

現在是深夜，月光也不算強，得仔細觀察才看得見我的影子，不過她這個專家當然看得見躲在影子裡的忍野忍吧。

肯定注視得到吧。

「代表前刃下心也無法化為吸血鬼。」

「…………」

「本來就是這樣吧？依照邏輯必然是這樣歸結吧？因為您與前刃下心的靈魂連結，就是這種等比級數的系統。您無法化為吸血鬼，就代表前刃下心也無法恢復力量。和您同行的這個搭檔，今後一直只能當個八歲幼女。」

忍一直只能當個八歲幼女，從某種角度來說似乎是個好消息，實際上當然不是這樣。這是比我無法化為吸血鬼更嚴重的問題。

「嗯……」

我自認將這個情報當成早就知道般點頭回應，卻不知道演得像不像。實際上影縫說得對，不用她提醒，這是必然的邏輯歸結，在此時此地被她這個指摘嚇到也很奇怪。不過即使自認確實理解這一點，聽她重新清楚這麼說之後，我還是隱約覺得失去依靠。

是的，我徹底感受著失去依靠的感覺。

我體認到至今多麼下意識地依賴忍，知道我至今多麼依賴忍——姬絲秀忒・雅賽蘿拉莉昂・刃下心吸食我的血、恢復部分力量之後的戰鬥能力。

是的。

到頭來，總歸來說，我依賴的或許不是自己化為吸血鬼之後的力量，是忍化為吸血鬼之後的力量。不，進一步來說，我或許只是依賴忍野忍這個搭檔。

我依賴過度。

失去的事物、背叛的事物則是……

「……說來挺奇怪的呢。」

「嗯嗯？阿良良木小弟，什麼事？」

「沒有啦，到頭來，在那個春假，我明明為了封印忍的力量而希望以那種方式解決，卻不知何時動不動就依賴忍的這份力量。」

我也學影縫低頭看自己的影子。明明是自己的影子，卻無法和影縫一樣發現任何東西。忍當然好好待在裡面，今後應該也會好好待在裡面吧。

「該怎麼說……明明是逼不得已才動用的東西，是用來撐住大局的密技，只是借來暫用的力量，卻不知何時理所當然想當成自己的東西使用……看來接連遭天譴也是天經地義吧。」

「天譴？」

這個詞起反應的是斧乃木。

是斧乃木余接。

「這就難說了。這個事態確實是鬼哥哥自作自受，卻不一定是天譴。」

「……？什麼意思？」

「沒有啦，阿良良木小弟，如果是天譴，這時機也太剛好了。時機太剛好的事情如果不是巧合，大致都是人為造成的。不是天幹的好事，是人幹的好事。」影縫接續斧乃木的話語這麼說。「在鏡子照不出您，也就是您的吸血鬼化超過人類限度的這一天，您的學妹與妹妹被我們的熟人抓走，我覺得這也太巧了。」

「…………」

哎，我聽得懂她的意思。

記得那句話是怎麼說的？貝木泥舟曾經說過類似的話……

啊，我想起來了，是影縫與斧乃木首度造訪這座城鎮時的事，是暑假中元時期的事。

貝木那傢伙說：「所謂的巧合，大致上都是源自於某種惡意。」

不過當時表露惡意的不是別人，正是貝木泥舟。

「一口氣找我算清總帳，這種事在最近並不稀奇。實際上……應該說最近總是發生這種事，一直在清算我至今敷衍的種種。就像是堆積至今、擱置至今的東西一鼓作氣垮掉……」

「是被弄垮的吧？如同疊疊樂那樣。聽了臥煙學姊以及余接的說明，應該是這麼回事。」

「…………」

斧乃木說明的應該是「闇」的那個事件——八九寺真宵的事件吧。是的，那正是最具代表性，我一直擱置至今的東西。

是最具代表性，已經被弄垮的東西。

「……影縫小姐，我可以問個問題嗎？」

「什麼問題？」

「那個……雖然這樣形容很奇怪，不過手折正弦這個人是不允許錯誤或不正的正義人士嗎？覺得世間具備正確的形態，應該成為正確的形態，如同地球描繪橢圓軌道公轉，世界也應該好好運轉……他擁有這種思想嗎？」

「思想？這……真好笑呢。」

影縫說。

但她連一丁點笑容都沒有。完全沒有。

表情正經到不行。

「那個傢伙和這種東西無緣。什麼正確的做法或正確的形式，這方面的思想都和那傢伙無緣。私怨和思想不一樣吧？除了專精不死怪異，我和那傢伙沒有共通點。」

「…………」

影縫講得像是自己的暴力具備思想，不過要是辯論起這件事似乎會講不完，所以現在只限定在手折正弦的話題吧。

不，這個問題只是我想知道正弦對於怪異的立場。如果這個人和那個「闇」一樣，和那個吞噬錯誤的黑洞一樣，抓走我的妹妹們與神原，那麼那三人中的兩人如今肯定無法全身而退，會被矯正錯誤，矯正至今掩飾的事物。

想到這裡，我全身的血就像是要沸騰，好想將沸騰的熱血都餵給忍，動員變得敏銳的所有感官搜索她們三人。

實際上，要是以這種方法尋找，我肯定不用半天就能確保她們的安全吧。

我愈想愈覺得這個點子很吸引我，不過眼前的影縫與斧乃木，絕對不會站在我這邊的這兩人就在我面前，成為可靠的抑制力。

冷靜下來。

這個方法是錯的。

到最後，這就像是以債養債，是挖東牆補西牆。想獲得力量必須付出代價，既然這樣，這種行為就隱約會造成自我犧牲的感覺，令人覺得如果只有自己犧牲就值得挑戰，但是並非如此。

要是我消失，要是我這個人類的存在消失，至少會有一些人感到失落。

我必須清楚、明確地自覺這一點。

我肯定受夠這樣了。

肯定體驗過了。

覺得自己變得怎樣都無妨，陶醉於這種自我犧牲的精神拯救妹妹們與學妹，等同於她們將會失去「我」這個部位。真要說的話，等同於拆掉她們一條手臂或一條腿。

若是真的逼不得已，或許只能這麼做吧。

但現在還不應該做出這種判斷。

「假設正弦擁有思想，應該是求美慾吧。但我不想將那個形容為『美』。」

「咦？」

求美慾？

這個詞好陌生。

我只聽過「求知慾」。

「覺得神無法打造的東西才美麗，覺得人類打造的怪異本身很美麗。這傢伙擁有這種感性，自詡是藝術家。這傢伙就是這一點太天真。」

「…………」

自詡是藝術家。

這句話的意思……應該不是稱讚。

「您猜得沒錯，我之所以專門對付不死怪異，是因為將不死怪異視為邪惡的東西而憎恨，不過正弦……嗯，就我聽到的說法，這傢伙完全相反。」

「完全相反……」

「這傢伙將不死怪異視為美麗的東西而深愛著。」

「就我聽到的說法」這句前言、這句註釋，聽起來總覺得很假，即使是不擅長看出他人內心的我，也知道這只是謊言。影縫也沒隱瞞自己在說謊吧。不過，即使她在自己和正弦的關係上說謊，應該也是表示自己不想說實話。

「總之，基於這層意義，那傢伙即使沒有思想也有某種堅持，所以您的妹妹與學妹還很安全，至少比起被我盯上來得安全。」

「不過，比起被影縫小姐盯上還危險的例子……」

似乎不存在吧？但我沒這麼說。因為我覺得要是這麼說，我從現在這一瞬間就會非常危險。

「這個人的感性覺得怪異很美麗，那為什麼要成為對付怪異的專家？這個人大概和怪異剋星或怪異殺手不一樣，不過到頭來依然站在收拾怪異的立場吧？」

「立場或許近似忍野吧。與其說是以收拾怪異維生，不如說是擔任那邊與這邊的仲介……是仲介的中立人物。畫商理解畫作的價值，覺得畫作美麗，卻會淺顯易懂地用金錢買賣畫作吧？類似這種感覺。」

「…………」

畫商絕對不是收藏家。換個例子，喜歡動物的人卻在動物被關在籠裡的動物園工作。手折正弦這個人大概抱持相同的矛盾吧。

不，這應該不是矛盾。

喜歡讀書的人後來自己寫書，極端來說，這也是明顯的矛盾，不過世間只以這種矛盾，盡是以這種矛盾成立，那麼矛盾就是天經地義，反推來說就不能算是矛盾。

而且以我的觀點，「最強之矛遇見最強之盾就會產生矛盾」這個比喻，雖然看起來是淺顯易懂的悖論，但我覺得前提怪怪的。

最強之矛、最強之盾。感覺光是其中一種就和世界矛盾了。

無論是最強之矛還是最強之盾，反正使用者肯定都是人類，但人類並不是最強的。所以在這個時間點，「最強」這兩個字就不成立。

如同我沒能好好使用忍的力量——使用吸血鬼的力量，因而沉溺。

如同我背叛忍野的期待，背叛忍野的信賴，失去人類的屬性。

想像中的最強人類，應該完全沒有任何道具、不使用任何道具。不過這種人不存在。並不存在。

「既然這樣，這個叫做正弦的專家，最適合成為我非得面對的對手呢。」

「…………」

我這句話也可以解釋成自虐，影縫聽在耳裡似乎不太高興。

「別沉溺過度啊。」

她沉默一陣子之後這麼說。

而且不是平常使用的關西腔，是以接近標準語的音調這麼說。

「不是沉溺於力量，而是沉溺於自己。這是自我陶醉。」

「自我陶醉……」

陶醉於自己。

即使不是自我犧牲，依然陶醉。

「不要沉溺於悲劇的狀況，您只是兩個妹妹與學妹被莫名其妙的呆子綁架，您在這方面完全是受害者。假設、萬一真的發生類似天譴的事，也只是因為您喪失人類屬性，和那三個人的綁架完全無關。對吧，余接？」

「……是啊。」

影縫不知為何在這時候徵求斧乃木的同意，斧乃木也暗藏玄機般點頭。

徵求自己使喚的式神同意已經很奇怪了，式神暗藏玄機般點頭也很奇怪。

應該說，這兩人的關係本來就很奇怪，真的是令人覺得明顯矛盾。

「那麼，總之我終於得去拯救無辜的那三個人了。影縫小姐，那個……」

好難啟齒。

這是相當厚臉皮的請求，但我不得不說。這也是為了避免我沉溺於自己。

「拯救三人的這齣戲，妳願意幫忙嗎？」

「臥煙學姊吩咐我這麼做，所以我會這麼做，就按照這個進展吧。不過我預先聲明，我不會直接介入。因為我擁有的力量，全部都只是為了打倒不死怪異而專精，無法用在人類身上。」

「…………」

「別露出這種表情，真要說的話，即使正弦這傢伙再怎麼令我火大，您依然比較像是我的敵人。啊啊，就說別露出這種表情了，我會繼續把余弦借給您，也會提供智慧。總之，首先該做的是檢驗那個千紙鶴。阿良良木小弟，如果這是留言，肯定是給您的留言。」

「給我的……？」

「我不曉得那個傢伙掌握多少狀況，不過阿良良木小弟，正弦的目標基本上是您。」

「……我？慢著，可是正弦的目標……」

「是您以及前刃下心。忍野幫你們兩人申請的無害認定，始終只在臥煙學姊的網路裡有效，不適用於網路外側的正弦。」

這麼一來，真的是最壞的時機。我與忍無法好好戰鬥的這個時候，居然有人盯上我們。

時機如此不巧，令我感覺這是人為的、蓄意的惡意。

「所以依照這個假設，妹妹們與神原是用在我們身上的人質吧？」

「沒錯。由此推論，那些孩子的安全性就更高了。因為目標不是她們，是你們。不過這也只是暫時性的。」

就算她這麼說，我也絲毫放不下心。

而且焦躁感有增無減。

我當然擔心妹妹們，但我對神原的愧疚感也很強烈。我認為神原和臥煙有血緣關係，她家應該是安全地帶，才將妹妹們送去那裡，卻因而殃及神原。早知如此，我至少應該對神原說明一下。為什麼當時沒這麼做？我懊悔不已。

不，神原雖然不是不死怪異，但她的左手寄宿著怪異，她自己也可能成為專家的目標……不過既然是在這個時間點被抓，我覺得應該還是用來當成應付我的人質吧。

「總之……現在沒空像這樣瞎扯了。沒辦法了，千紙鶴先給我吧。不過如果紙鶴沒留言，事態也不會改變就是了。」

影縫一直拒絕收下正弦留下的千紙鶴，但她現在終於收下了。

014

人們對自己居住的城鎮了解多少？比方說，如果問人對自己居住的城鎮了解多少，一般即使不會回答「非常熟悉」，大多也會回答「還算熟悉」吧。

至少我會這麼回答。

畢竟是自己居住的城鎮，至少不會回答「一無所知」，「沒什麼好知道的」或是「我不曉得『城鎮』究竟是什麼意思」。沒辦法假裝無知到這種程度，而且其實知道。

不過，這也得看「城鎮」所指的範圍多大。我在短短的一年前，並不知道那棟補習班大樓的存在。被忍帶去那裡之前，我完全不知道那種建築物的存在。

而且也不知道北白蛇神社的存在。

不知道那間信仰蛇的神社。

和蛇與蛇妖關係匪淺，而且和千石撫子關係匪淺的那座被遺忘神社，我直到和神原依照忍野的指示造訪那裡之前，都不知道那座神社的存在。

「我不是無所不知，只是剛好知道而已。」

這是班長羽川翼的名言，戰場原黑儀直截了當地批判這只是在說集合論的真理，不過如果將這句話視為自省，就不是「只是說出真理」的意思了。

也就是說，人類可以自覺到自己知道哪些範圍。

不過並非總是自覺到自己不知道哪些範圍。

舉個例子，我可以斷言自己不懂法語，可以毫不猶豫斷言。我「知道」自己「不知道」。

不過，比方說世界史很差的我，很不用功地不知道某個國家存在於某處，而且某種語言只在這個國家使用。假設這種語言叫做「阿良良木不懂語」，我當然不懂這種語言，但是在這之前，我甚至不知道我不懂這種語言。

有句話叫做「無知之知」，這是不用功的我也知道的話語，意思是「知道自己不知道」，但是人們幾乎不可能實踐這句格言。

這就是所謂的惡魔論證吧。如果有個國中生賭氣質詢：「你真的知道所有你不知道的事嗎？」肯定可以駁倒那位哲學家。不過那位哲學家所處的時代應該沒有國中生。

咦，現在正在聊什麼？

是的，人類即使自以為知道，其實或許一無所知，因為根本不知道自己不知道。而且在這種狀況，想要自行察覺自己不知道的事，只能仰賴偶然的邂逅。

模仿羽川的說法就是「我一無所知，不知道我所不知道的事」。

如果知道自己不知道的事，或許就可以為了求知而行動，但若不知道自己不知道的事，就不會採取求知的行動……我自己說著說著都混亂了。

總之，手折正弦留在神原駿河房內壁龕的千紙鶴暗藏留言，指定北白蛇神社做為見面的地點。內藏的留言使用專家之間的暗號，所以即使是腦子動得再快的傢伙，不知道關鍵字就無法解碼。

雖然這麼說，為了回報影縫的辛勞，我就以不透露機密的方式公開她解讀的步驟吧。

首先，影縫將每隻紙鶴還原。這是光想就令人眼前一黑的工作。將摺好的紙鶴恢復為平凡的紙張不僅毫無建設性，而且數量是一千隻，簡直是惡整。

我對影縫說，這種工作我應該也可以幫忙，卻被她不太鄭重地冷漠拒絕。看來即使是學校偶爾會有的這種單調工作，影縫也不喜歡別人幫忙。戰場原以前完全是這種人。即使這樣效率不好，也不願意打亂自己的步調。我這種人輕易就能理解這種想法。

雖然這麼說，在這種狀況坐視這種效率很差的工作還是令我著急。幸好影縫手很巧，以令人看到著迷的俐落手法還原紙鶴，我甚至覺得自己貿然幫忙反而會影響效率。

還原的一千張紙（真的有一千隻，剛好一千隻。一般即使說千紙鶴，大致也只有一半的數量）大多是普通的摺紙。

不，形容為「大半」不正確，因為一千隻紙鶴之中，有九百九十九隻真的是只以普通紙張摺成的普通紙鶴。

只有一隻例外。

只有一張例外。

某張還原的紙張背後，以簽字筆寫下留言。就我看來只是隨筆塗鴉的這段留言解讀之後，得到的訊息是「北白蛇神社」。

「一般來說，不會有人察覺這種訊息吧……居然只在一千隻的其中一隻留下暗號，實在過於沒有效率，讓人眼花……」

「不，這就是扭曲的審美觀，這部分忍著點吧。只要求效率的話也很空虛，而且要摺千紙鶴也不是簡單的事，正弦是一個人摺出來的。」

影縫至此第一次像是在幫手折正弦說話。大概是大功告成之後鬆懈下來，或是成功還原一千隻紙鶴的成就感令她大意吧。令我覺得這個人也是人類。

「沒指定時間嗎？」

「沒有，訊息只有指示地點。不過一般來說應該是今晚吧？不然警察基本上會展開行動。三個年輕女孩被綁架失蹤，這很明顯是案件，會成為案件。」

「……在這種狀況，正弦會怎麼做？」

「『怎麼做』的意思是？」

「那個……換句話說，正弦在這種狀況會怎麼處理妹妹們與學妹？」

「天曉得。」

回答得很簡短。

而且這麼簡短就很夠了。

「有件事我可以說，有件事我可以斷言，就是正弦知道我來到這裡——來到這座城鎮。否則那傢伙不會用專家才知道的暗號留言，不會用這種效率很差，如果只有阿良良木一個人就不會發現的傳話方式。」

「……啊，啊啊，嗯，說得也是，就是這樣。」

我花了一點時間理解，不過聽她這麼說就知道沒錯。如果只有我一個人，頂多只會拿起紙鶴，在紙鶴成為千紙鶴的時候嚇一跳，然後就沒有後續。

要不是斧乃木當時說這是「犯罪預告」，我或許會當場氣得將千紙鶴揉成一團扔掉。

如果只有嚇到我就結束，正弦摺千紙鶴的工夫都白費了。

原來如此。

如同影縫透過臥煙得知正弦的存在，正弦也以某種方式得知影縫和斧乃木這對搭檔來訪。

這麼一來……

「咦？那麼，這個叫做正弦的人，明知妳們好歹站在我這一邊，依然叫我過去嗎……？明知影縫小姐在這裡還要為敵？怎麼可能，世上可以有這種人嗎？」

「慢著，您把我當成多麼危險的人物啊？」

當然是超危險人物。

地表最強的等級。

但我沒說出口。

這麼做就像是送上腦袋自願挨打。

「我不是說過嗎？我的暴力是用來殺掉不死怪異，不會用在人類身上。基本上不會。」

「居然說『基本上不會』，這句補充很恐怖吧……是要怎麼應用？啊，不過就是因為這樣嗎？所以即使可能會和妳為敵，正弦也完全不擔心？」

「鬼哥，應該不會完全不擔心喔，因為我沒有姊姊那種制約。」

斧乃木這麼說。

始終面不改色地說。

「我要將正弦打得灰飛煙滅。」

「講得太粗俗了。」

影縫在斧乃木肩膀上單腳踢她的頭。又用暴力了。不，斧乃木是不死怪異，所以沒關係。

「要說『請容小女子將您修理到灰飛煙滅』。」

「我沒遇過這麼高尚的狀況，所以辦不到……」

斧乃木說完看向我。

「總之，鬼哥，我和你的妹妹並不是不認識，如果要去救她，我就極力協助吧。不過條件當然是鬼哥絕對不藉助忍姊的力量。」

「我當然打算遵守這個條件……咦，但妳為什麼這時候要特地強調？」

這麼不相信我？

不，我也還不相信自己，但斧乃木就某方面來說是和世間脫節、不知世事，似乎容易受騙上當的角色，這樣的她居然不相信我，我頗受打擊。

「那當然吧？我不相信你的自制心與自律心……何況你化為吸血鬼之後，完全化為吸血鬼之後，我與姊姊必須和你與前刃下心的搭檔戰鬥，老實說，我提不起勁。」

「…………」

她過於當面、過於以正常音調這麼說，所以明明這番話的意思是「不想和你們為敵」，明明只是這種意思，我卻花了好久才理解。

所以，這始終是斧乃木自己的意見吧……不過有人在這種狀況依然肯對我這麼說，令我覺得挺可靠的。這或許是我要改進的地方。

好可靠。

我居然快哭了。

「不過，正弦應該早就想好如何對付我吧，如果想得到的話應該想好了。到頭來……」

「余接，不用說下去了。有些事別知道比較好。不提這個，既然已經知道地點，也知道立場，現在唯一要做的就是行動吧？」

影縫打斷斧乃木的話語，看向左手的手錶。是細鏈錶帶的那種手錶。我平常會刻意記得戴手錶，所以會下意識注意別人戴什麼手錶……這件事暫且不提。

「深夜一點多。」

現在指針顯示的是這個時間。

「無論怎麼想，最好在天亮之前做個了斷。換句話說，阿良良木小弟，您這次的任務是在天亮之前，將兩個妹妹與學妹——臥煙學姊的外甥女送回住處，扔進被窩。」

嗯，她這樣整理就簡潔易懂。

而且在這項任務中，「和手折正弦開戰並打倒」的假設，並非絕對要達成的義務，這是比簡潔易懂更好的一點。換句話說只要策略得宜，也可以先從正弦那裡搶回人質。

應該說，這麼做才是對的。

這才是該採取的做法。

無法使用吸血鬼力量的現在，運用人類的智慧面對困難，這才是對的。是人類的本分。

「……不過，就算將她們送回住處扔進被窩，她們在熟睡時被陌生人襲擊綁架的心理創傷回憶，應該沒辦法處理掉吧？」

「…………」

「讓她們忘掉就行了。記憶這種東西，只要賞腦袋五、六拳就會消失。」

太恐怖了。

不過在暑假，月火就經歷過類似的遭遇，而且記憶真的消失了……

不曉得這次如何。真的會這麼順利嗎？

不對，是否能順利消除記憶是今後的事，得先克服今晚的難關再說。

又是準備留言、又是準備暗號，考量到對方準備得如此周到，這一關應該不好過，但是非過不可，我非過不可。

為了繼續當人。繼續當人類。

「那麼，斧乃木小妹，不好意思，可以再麻煩妳抄捷徑跳一次嗎？北白蛇神社的位置在……」

山上的那種地方，即使用智慧型手機應該也很難搜尋得到，著地的地點也必須相當精準，所以並不容易。不過考量到從這裡過去北白蛇神社會合的時間，還是得藉助斧乃木的能力。

如此心想的我，打算先向斧乃木大致說明神社的位置，但影縫插嘴了。

「最好別這麼做喔。正弦知道余接在這裡，卻還留下這種訊息，要是從上空著地，從毫無遮蔽物的上空襲擊，被那傢伙完全看在眼裡的話，您一下子就完蛋了。」

她說。

我不知道會怎樣完蛋（總不可能遭受地對空狙擊吧），不過她說得對，雖然是夜空，但是試圖偷襲的人，不應該從毫無遮蔽物的上空前往會合地點。

「那麼，就是讓斧乃木帶我跳到那座山附近，然後徒步登山嗎……」

又要和斧乃木登山？

這孩子經常和我一起在山上迷路呢。

乾脆加入漂鳥社算了。

「我會走正常路線跟過去，但是不用等我會合，您自己找機會拯救人質，依照自己的判斷行動吧。反正我就算會合也沒辦法團結合作。」

「…………」

應該沒辦法吧。

何況影縫受限於不能走地面，要是等她會合，搞不好天都亮了。

「知道了。那麼……」

我說著抱住斧乃木的腰。

我每次都在想，這幅光景莫名猥褻。

「順帶一提，斧乃木小妹，一點點就好，不經意注意一下就好，妳可以低空飛行嗎？」

「低空辦不到。」

斧乃木這麼回答。

面無表情。

「不過可以低速，可以嗎？」

「不。」

我就這麼將臉貼在斧乃木的腰，雙手緊抱著她的腰，搖了搖頭。

「免了，儘管飛吧。」

015

「啊啊，您好慢呢，阿良良木學長，我最喜歡的阿良良木學長。我等您好久了。」

我與斧乃木從遙遠的上空著地。

在通往山頂北白蛇神社的山麓道路，人行道的斑馬線，忍野扇蹲在紅綠燈旁邊，玩著沒改原廠設定所以沒關掉音效的手機對我這麼說。

忍野扇。

今年底轉學進入直江津高中的一年級女生。

我不知道「等好久了」這句話有幾分真相，甚至不曉得真意何在。不過看小扇的手機畫面，她絕對不是和一般女高中生一樣寫簡訊聊天，而是在看電子書。

最近真的是做什麼事都靠手機呢。

現在也幾乎沒人計較智慧型手機為什麼要簡稱為智慧機了。我還聽說最近甚至不叫智慧型手機，而是單純叫做智慧型裝置。

不過，以智慧型手機螢幕看電子書，似乎是一個不錯的點子。到頭來，對於讀者來說，用什麼工具閱讀「作品」很重要，所以使用的硬體比起輕巧應該更重視隨身性吧。

「嗨，小扇……」

我放開緊抱斧乃木腰部的雙手，讓她在原地等待，然後快步跑向小扇。

現在是這種狀況，我沒什麼時間和她閒聊，不過聽到她說「等很久了」，我沒辦法視而不見。

何況對方是忍野扇。是忍野咩咩的姪女。

「一個女高中生這時候待在這裡很危險喔。真是的，妳還是一樣讓人擔心，我送妳回家吧。」

「啊哈哈，像是阿良良木學長剛才那樣用跳的？我心領了，反正我無家可歸……啊啊，不是啦，完全不是那樣，畢竟阿良良木學長似乎在趕路。我只是想講幾句話激勵即將上戰場的阿良良木學長，才會從早上一直在這裡等。」

「從早上一直……？」

早上？

記得在早上的時間點，我好像還沒照鏡子……不，這應該是一如往常的玩笑話吧，肯定是小扇煽動我的玩笑話。這女生總是這樣，喜歡標新立異開奇怪的玩笑，將別人耍得團團轉。

不過，即使不是從早上，說不定她大概晚上七點就在這裡等了。她是這樣的孩子。即使不開玩笑，也會將別人耍得團團轉。

她是這樣的姪女。

「咦？沒看到耶，平常那個金髮幼女的蘿莉奴隸怎麼了？這不是很奇怪嗎？阿良良木學長，依照設定，您沒那孩子就做不了任何事吧？」

「……我覺得以前沒這種設定。」

我如此回答小扇。

老實回答。

「不過，現在就是這樣，這設定是對的，而且我也不覺得丟臉。依賴別人的力量是好事。」

「太依賴了吧？叔叔不是常說嗎？咦……是怎麼說的？就是叔叔經常當成招牌台詞掛在嘴邊的那個，唔～就是……是什麼啊？那句那句那句那句。」

她絕對記得。

但小扇似乎希望由我說出口。

像這樣清楚看出她的想法，看得這麼明顯，我反而不會抗拒任她擺布。不過或許我在這個時間點就任她擺布了。

「阿良良木老弟，人救不了人，我救不了你，你只能自己救自己……記得是這麼說的吧？」

「啊啊，對對對，就是這句。明明是叔叔的招牌台詞，我為什麼會忘記啊～我真的太冒失了呢～」

「對，那是你叔叔的招牌台詞，不是我的。」我說。「所以我不後悔喔，我自己都嚇一跳。如今我完全沒有『糟了，太大意了，我應該三思之後慎重行動才對』這種想法。是啦，小扇，背叛妳叔叔的信賴與期待，我覺得很抱歉，老實說無從辯解……嗯，沒錯，糟了，太大意了，我應該三思之後慎重行動才對，不過就算這樣……換句話說，就算我早就知道，我想我肯定也會採取相同的行動吧。影縫小姐在這方面說得對，再怎麼樣都不能怪忍野當初沒告訴我。」

我自認重點部分都含糊帶過，沒有講出來。

不過，我覺得小扇或許已經知道一切。我現在處於何種狀況，怎樣為難、怎樣後悔，我覺得她或許都知道。

她早就知道，只是刻意用對話這種花時間的方式表現出來。也可以說用這種方式鬧著玩。

雖然外表完全不像忍野，但我覺得小扇這種個性和那個夏威夷衫大叔一樣。但羽川不知為何說「完全不一樣」。

「說得也是，阿良良木學長就算早就知道，也會做出相同的事吧，但也正因如此就是了。」

「『正因如此』是什麼意思？」

「正因如此就是正因如此喔。正因如此沒有進一步的意思。哎，到頭來，我之所以待在這裡等，我想肯定是受到阿良良木學長的影響吧。該怎麼說，我覺得阿良良木學長是會扭曲的人。」

「扭曲？扭曲什麼？」

「這個嘛，總之就是各種東西，原本不可能扭曲的各種東西。而且我討厭這種扭曲的東西，應該說喜歡公平放在天秤兩側平衡的東西，希望一切都能規矩一點喔，規矩。」

「…………」

規矩一點。工整一點。

是嗎？

「因為守規矩的東西讓人覺得舒服。不過阿良良木學長似乎比較喜歡不太舒服的東西。」

「……或許小扇就是這方面和羽川那傢伙水火不容吧。該說同性相斥嗎……因為那個傢伙比一般人加倍覺得『必須照規矩來』，幾乎到病態的程度。」

「比一般人加倍的話，是比貓加幾倍呢？」

小扇說完探頭到我旁邊，觀察依照吩咐如同人偶站在後面的斧乃木。

她看著斧乃木說：

「總之，實際上，阿良良木學長現在也像那樣藉助別人的力量呢。與其說是人，應該說是女童嗎？女童。藉助那種小孩子的力量真丟臉。」

「嗯……說得也是，或許丟臉吧。不過妳剛才也看到了吧？那孩子不是普通的孩子。」

「？」

「我知道喔，畢竟上次聽過。」

我說過嗎？

啊，我說過。

那麼，她一開始為什麼說斧乃木是小孩子？總之她講話時總是輕飄飄的。

看不到話題的終點，應該說著地點。

即使著地也不代表到達終點。

她知道多少、不知道多少？我又對她說了多少？

「那麼，阿良良木學長藉助那個不是普通孩子的女童力量，等於得到百人之力嗎？太棒了，今晚也肯定和以往一樣輕鬆獲勝喔。」

「輕鬆獲勝……妳真敢說這種話呢。小扇，妳忘了嗎？我直到不久之前，都像這樣幾乎每天走這條路到北白蛇神社參拜，每次都被反擊到差點沒命。」

「是嗎？我好像忘了，因為我只記得阿良良木學長帥氣的一面。」

小扇裝傻般這麼說。

這方面很像她的叔叔。

只是，我會擔心她的將來。這種個性在將來沒問題嗎？到頭來，這個孩子有將來嗎？

這份擔心，和我對月火的擔心一樣。

「……不行，我果然太擔心別人了。明明連自己都照顧不好，根本沒空擔心別人。那麼小扇，改天學校見。」

「居然這麼說。阿良良木學長，您不是再也不去學校了嗎？」

這句話令我心臟用力一跳。

該怎麼說，感覺像是被緩慢、乾脆地宣告我再也不能去熟悉的直江津高中。

這當然只是我聽錯了。

「真是的，為什麼學校規定三年級在這個時期可以不用上學呢？應該想想學弟妹被留下來的寂寞心情才對。」小扇繼續說。「話說，阿良良木學長又沒被禁止來學校，所以請來啦，我這個可愛的學妹好寂寞喔。」

「啊啊……嗯，抱歉害妳寂寞了。不過，像我這種成績，我也只能在家裡閉關用功了。」

我這麼回答。

「這樣啊～」小扇深感遺憾般說。「但寂寞的不只是我，還有神原學姊喔～啊啊，神原學姊正在做什麼呢～」

「……天曉得。」

我說完向小扇揮手，轉過身去。老實說，我還是想送她回家。

「那麼，再見。」

「阿良良木學長成長了呢。您自己不這麼認為嗎？」

「…………」

小扇就這麼在我背後說話，不知道是沒聽到我道別，還是故意裝作沒聽到。

「這幾個月來，學長不是變得很成熟嗎？不是變得很有大人的樣子嗎？變得不像之前那麼容易激動對吧？如果是以前，應該沒辦法像現在這樣維持冷靜的心境吧？」

「…………」

「春假的時候，覺得自己再也無法恢復為人類的時候，您不是曾經窩在體育倉庫哭嗎？既然這樣，為什麼現在可以像這樣保持冷靜？應該是這一年來累積的各種經驗讓您成長吧？是的，您以各種東西為代價，失去各種東西而成長。因為你得知瞞混、嬉鬧或走後門的手法不管用。哎呀，看到一個人正當成長真好呢。比起成功的事蹟，我更喜歡成長的事蹟。即使失敗，只要人因而可以成長，我覺得以劇情來說這樣就好。」

「…………」

「阿良良木學長也一樣，雖然在八九寺小妹與千石小妹那時候失敗了，卻因而得以成長，不覺得這樣就好嗎？到最後，人無法保護一切，也無法得到一切，那麼無法得到想要的東西時，無法保護喜歡的東西時，要用什麼方式接受這個事實，這才重要吧？也可以說是期待這時候的表現。到頭來，人生不會永遠順遂，所以重點在於不順遂的時候要如何避免氣餒，並且當成努力的動力吧？」

「或許吧。」

確實。

我最近的經驗、最近的失敗，或許讓我成長、讓我成熟了。基於這層意義，或許人類從失敗經歷學習到的東西比成功經歷多，從成長經歷學習到的東西也比成功經歷多。

或許吧，或許吧，或許吧。

不過……

「不過小扇，就算這樣，我也不認為失敗、不幸、犧牲或悲傷是『好事』，不可以這樣認為吧？」

「…………」

「既然要成長，就想在成功中成長。這是理所當然的。」

我說完回到斧乃木那裡。

畢竟沒時間了，雖然和小扇的對話難免有點虎頭蛇尾，不過反正很快就會再見面吧。

反正非得再度見面吧。

何況我覺得這段對話，肯定沒有我想像的那麼虎頭蛇尾。因為忍野扇也和她的叔叔一樣是看透一切的人。

016

「總之剛才那個女生應該是幕後黑手，是委託正弦除掉怪異的主謀，是捉弄鬼哥哥為樂的大魔王吧。」

斧乃木一邊爬著山路，一邊面不改色這麼說。雖說是山路，雖說是道路，但是很遺憾，我們現在走的不是我已經爬慣，通往北白蛇神社的那條階梯。

從上空移動會被看透，所以我們放棄這麼做，但也不能從熟悉的正規路線，從昔日和千石擦身而過的那條階梯過去會合。如果忍在我身邊，大概明知可能有陷阱也會堅持走正規路線吧，但她正在我的影子裡養精蓄銳，我也已經沒有足夠的能力配合她「威風凜凜」的這種做法。

所以我與斧乃木為了想辦法出其不意，為了出正弦於不意，選擇走不算山路的山路上山，希望在抵達之前都能隱藏行蹤。

哎，回想起昔日和斧乃木與八九寺一起走的那條山路，這種登山算不了什麼……我雖然想這樣逞強，但夜晚的山路只有危險可言，只會危險到令我害怕。

畢竟這座山即使在寒冬也有蛇出沒。

這麼說來，我聽羽川說才知道那座神社叫做北白蛇神社，不過這座山叫什麼名字？這我就沒問了。

嗯。

察覺到自己不知道的事，這種心情就是「無知之知」吧。

「咦？斧乃木小妹，妳剛才說什麼？」

「不，我什麼都沒說，只是隨便亂猜罷了。畢竟假設真的是這樣，也不知道她的目的是什麼。啊啊，不過她說過目的吧？就是要凡事照規矩來，不過她說的『規矩』是什麼？怎樣才是『正確』？我是怪異、是式神、是屍體、是憑喪神，光是這樣就不規矩了吧？模糊焦點，反覆以欺騙活在世間，或者說以欺騙死在世間，不過，雖然我只是極端的例子，人類也或多或少是這樣吧？」

「…………」

「比方說，鬼哥哥不是曾經為了保護阿良良木月火小姐而戰鬥嗎？不是為了保護月火小姐的祕密而拚命戰鬥嗎？不過，鬼哥哥當時真的守住月火小姐的祕密了嗎？」

「……什麼意思？妳是說我的戰鬥徒勞無功？」

「不，不是這樣，我不是這個意思。我在想，到頭來，『真正的祕密』或是『無人知道的祕密』真的存在嗎？月火小姐的父母、姊姊火憐、同學與學長姊，也就是月火小姐身邊的人，都不知道月火小姐的祕密？」

「……妳的意思是說，我拚命守護的是公開的祕密？」

這樣的話，我就比小丑還好笑了……只是聽斧乃木這樣重新指摘，我至少沒辦法當場找出理由否定她的說法。

沒錯。

「只有我知道妹妹的祕密」這種想法很不講理。即使終究沒人掌握所有的事情、所有的真相，不過阿良良木月火抱持的嚴重問題居然沒人知道？這或許太離譜了。

實際上反倒比較可能是大家各自知道，明明知道卻刻意不說。

「不過，這肯定不是什麼令人失望的事吧？因為這就代表不只是我，大家都想要保護月火。」

我認為大家這麼認為。

即使厚臉皮也這麼認為。

如果大家知道我的現狀，或許大家願意保護我。

但這應該是過於奢求、亂來的想法吧。

「不，哎，我只是亂猜，覺得也可能是這樣罷了。只是到最後，人類的口風總是比想像的更緊又更鬆。足以讓這個不規矩的世界看起來很規矩，足以讓這個世界有個世界的樣子。」

「斧乃木小妹，妳把這個世界講得好像虛構背景呢。」

「與其說是虛構背景，更像是舞台布景。我想說的意思是……世界是世界的樣本。正弦應該也是這樣吧。」

「…………」

「想聽正弦的事嗎？」

斧乃木問。

順帶一提，現在的行軍是斧乃木帶頭披荊斬棘，我在後方走她開拓的路，看起來挺窩囊的。

完全依賴她。

哎，畢竟有人說蛇總是咬第二個人，我的位置也絕對不算輕鬆又安全，而且說到走山路需要的能力，我完全敵不過斧乃木，只能垂頭喪氣窩囊地跟在她的屁股後面走。小扇說得對，好丟臉。

「老實說，我不想聽。」

「是喔，但他明明抓走鬼哥三個重要的人啊？」

「嗯。接下來最理想的演變，就是別讓正弦發現，出其不意回收三人，沒被對方看到、找到就下山。反過來說，要是不用知道正弦的長相、個性與說話方式就結束這件事，是令我最開心的結果。」

「這太棒了。如果能這樣確實最好。只限這個場所與這個晚上是如此。不過這麼一來，只不過是勉強撐過這個場面、撐過這個晚上，沒有解決任何問題喔。這該怎麼形容……不是狐狸遊戲，也不是貍貓遊戲……」

「鼬鼠遊戲。」（註7）

「對，就是那個，是鼬鼠遊戲……為什麼要把無止盡的無聊戰鬥形容成鼬鼠遊戲？鼬鼠沒這種形象啊？」

斧乃木忽然轉頭環視，或許是因為列舉動物的名稱，覺得動物或許意外地就在身

註7　相互捏手背玩的兒童遊戲，延伸為永無止盡的意思。

邊吧。但我沒聽過這座山上有狐狸、貍貓或鼬鼠。

總之，現在這麼陰暗，出現什麼都不奇怪。原來夜視力不好的生物，在夜晚這麼不方便行走。

光是小心別跌倒就沒有餘力。

畢竟光是行走，我全身就被劃出好幾道小傷了……現在的我立刻就能將這種傷治好嗎？

「所以，鬼哥只能照例『說服』才行吧？得面對面和正弦交談，讓正弦打消念頭才行吧？」

「確實如此吧……不過交談其實不太算是大人的解決方法。我最近開始覺得交手與交談都只是暴力形態之一，所以老實說，我希望搶回三人之後可以窩進家裡，將後續的事情全扔給臥煙小姐、影縫小姐或是妳。」

「很像鬼哥哥的真心話呢，聽你講得這麼坦白真舒服。總之，至少這次臥煙小姐是為了保護鬼哥而行動……臥煙小姐很欣賞鬼哥呢。」斧乃木說。「還是說臥煙小姐自己感受到一些責任？」

「責任？什麼責任？」

「哎，主要是覺得千石撫子那件事沒有在事前預防，沒能在事前預防吧……臥煙小姐應該不會對此後悔，不過可能有補償的想法。因為到頭來，鬼哥這幾個月突然加速化為吸血鬼，千石撫子的那件事是很大的原因。」

「不過到最後，這件事遲早會發生吧？只是時間的問題。即使沒有千石那件事，終究會發生其他的事件，我動不動就藉助忍的力量，使用吸血鬼的力量大發神威，然後得意忘形、得寸進尺，最後失去人類的身分。沒錯吧？」

「沒錯，所以收手要趁現在，現在是收手的時機。鏡子已經照不出鬼哥了，既然出現這種看得見的成果……應該說看不見的成果，現在就是最適合收手的時候。剛才鬼哥自己就說過，反正就算早就知道，直到身體出現症狀之前，應該也不會收手。不過鬼哥，還是聽我說吧。我不打算干涉到鬼哥的人生觀或生死觀，不想貿然闖入這個領域踐踏，不過現在的鬼哥對正弦過於一無所知。反正你不可能沒和那傢伙講半句話就離開。」

「…………」

「姊姊或許會警告我不要多嘴講這種事，剛才我要說的時候也被阻止了，不過幸好姊姊不在這裡。」

「不，等一下，斧乃木小妹。影縫小姐是你的主人，她不是完全掌握你的動向嗎？」

「完全掌握喔。」

「那就不行吧？」

「只要她不在場，我就不會被打。」

斧乃木理直氣壯。

在情報通訊發達，相隔再遠也能聯繫的這個時代，她的價值觀令我羨慕。

……我覺得以這種狀況，她只會在事後被影縫小姐打。這種不考慮後果的想法也令我羨慕。

「正弦他啊，確實和姊姊一樣專精不死怪異，但是『不死怪異』的意思有點不一樣。有點，而且明顯不一樣。姊姊擅長應付活著的不死怪異，因為沒活著就不能殺了。正弦原本是應付死掉的不死怪異，這就是他們水火不容的原因。」

「活著的不死之身，以及死掉的不死之身……總覺得以前聽過。好像是幽靈與喪屍的差異……」

「正弦愛的是沒有生命的人偶具備的生命，原本是這樣。不過因為光是這樣沒辦法謀生，所以沒有抱持這麼偏激的堅持，接了各種不同的工作。」

「啊啊，說得也是……這是當然的。不然他就沒理由盯上我這個活著的不死怪異了。」

「我是人造的怪異。」

「…………」

斧乃木突然說起自己的出身，我一時之間無法反應。

「企劃人好像是臥煙姊姊，臥煙伊豆湖，不過製作的是姊姊影縫余弦、貝木泥舟、忍野咩咩以及手折正弦。總之，最初的最初似乎是沒事做的大學生們的暑假研究之類的。不過這個開端太早了，稱不上已經和我有關。」斧乃木說。「我是使用活了一百年的人類屍體，人造的憑喪神。」

「嗯？我不太懂。我知道妳的出身和貝木有關，不過聽妳這麼說，正弦果然也是臥煙小姐那一派吧？」

「當時臥煙小姐也只是學生喔，一介普通的大學生，還不是率領這種派系或集團的立場，我覺得她現在行事也未必有這個自覺就是了……即使沒有內鬨，人們時間久了也很容易各奔東西，就是這麼回事吧？」

是這麼回事嗎？

不，如果是以前的我，肯定會很乾脆地點頭同意，但現在就不太苟同。

我不希望人們、人群各分東西。

只是即使不希望，在基礎上、在基本上，我也早知道會是這麼回事。

因為我從高中畢業，離開城鎮之後，應該無法和大家維持現在的關係吧。

應該會各分東西吧。

「正弦和姊姊交情不好，至今依然針鋒相對——姊姊的態度之所以不是值得稱讚的社會人士，追根究柢的原因在於我。為了爭奪我這個式神的所有權。」

「…………」

「貝木率先放棄所有權，再來是忍野咩咩……這段過程容我割愛，因為各人會基於自己的立場，以不同方式理解這段過程。到頭來，初期的我與現在的我也不是相同的怪異。」

「是喔……看來這部分挺複雜的。不過總歸來說，最後是影縫小姐與正弦公平搶奪，結果由影縫小姐得到妳。」

如果是公平搶奪，影縫很可能是以蠻力將斧乃木占為己有，這樣的話，正弦應該比較恨影縫吧。

無論如何，為了搶人偶決裂，令我聯想到家家酒，感覺過於幼稚。

「不。」

我明明沒有將自己對影縫相當失禮的推理說出口，斧乃木卻出言否定。

「是我選擇了姊姊。」

「…………」

「姊姊原本想將我塞給正弦，最後還是收留我了。後來姊姊和正弦就一直交惡。雖然以前並不是摯友，卻因而徹底決裂。不過……正弦這個離群之馬應該也沒什麼好友吧，真要說的話只有忍野咩咩。」

斧乃木最後的補充令我驚訝。

我實在無法想像忍野有好友，因為那個傢伙怎麼看都像是沒朋友……但我在這方面也沒資格說別人。

只是，我覺得忍野咩咩這個人，傾向於和他人要好到某種程度就主動離開。

這是我完全不曉得的感覺，所以我應該有資格說別人。

那個傢伙是擅長遠離人，不擅長離別的人。

「鬼哥，我這麼說的意思，突然講起這種事的意思，是為了最壞的狀況。」斧乃木說。「最壞的狀況。也就是和正弦開打，卻完全打不過，姊姊也來不及會合，人質快要被殺，鬼哥也快要被殺的狀況——在沒有其他手段的狀況、無力回天的狀況，只要提議拿我這個怪異做交易，正弦肯定會答應。這就是我想說的意思。」

「…………」

「那個傢伙依然想獲得我。我想姊姊肯定是有這個心理準備，才會將我借給鬼哥……唔哇喔。」

斧乃木講話的時候完全沒回頭看我，就這麼一直往前走、往上走、往上爬，不過我掀起斧乃木的燈籠長裙。

唔哇喔。

斧乃木穿這種內褲？

製作成模型的時候會很辛苦耶。

「鬼哥，你在做什麼？」

「說這種傻話的傢伙，就得被做這種傻事，呼呼呼。我不能為了保住自己的小命交出妳吧？不要瞧不起我，不然我會很困擾的。」

「但我被掀裙子也很困擾……」

「影縫小姐也一樣。」

我拉住裙子，硬是阻止斧乃木往前走，就這樣說下去。

「她應該不是以這種想法將妳借給我。肯定是因為能把我這種不可靠的人交給妳，才會將妳借給我。不是嗎？」

「把一個會掀女童裙子的人交給我嗎……」

「慢著，我在講正經話，所以別講我會掀裙子好嗎？」

「那就先放手。如果以為我是人偶就沒有羞恥心，那就大錯特錯了。」

大錯特錯嗎？

該怎麼說，我明明就是萌斧乃木沒有羞恥心的感覺……不，明明有羞恥心，卻面無表情像是沒有羞恥心，這我反倒也萌得起來。

如此心想的我，更用力拉斧乃木的裙子，將她拉過來。以斧乃木的力氣，光是在原地踩穩，應該就可以反將我拉過去，但她刻意沒抵抗，倒退靠近我。

「斧乃木小妹，如果要規劃像樣的作戰，那就這樣吧。我來當誘餌吸引正弦的注意力，妳趁機救出三人，救出成功之後使用『例外較多之規則』立刻逃走，逃到哪裡都好，我則是留在神社境內低速移動。哎，她們之中可能會有人因為落差昏迷，不過事到如今也沒辦法，應該不會出人命吧。」

「知道了，要是出人命的話再說。」

「不對，我沒說得這麼毛骨悚然。出人命的話拜託全力救活。」

總之，火憐與神原的心肺功能超乎常人，應該不會比我慘，所以問題在於月火。因為月火是月火。

「所以，如果使用這個作戰，鬼哥之後要怎麼做？你一個人……加上前刃下心是兩個人，就這樣和正弦留在神社，又沒有我這個戰力，你要怎麼做？」

「放心，我有珍藏的絕招——『ＴＨＥ磕頭求饒』。」

「那招還是一輩子珍藏吧。」

斧乃木看著前方嘆息。真希望她好歹在嘆息的時候轉向我，但我知道就算她沒轉向我，就算她看著前方，也肯定是面無表情，所以不會影響到對話。

「磕頭不會得到正弦原諒，他算是以叫人磕頭當樂趣的傢伙。」

「好誇張的個性……不過個性這麼誇張的傢伙，這輩子看過以對人磕頭當樂趣的傢伙嗎？」

「講得這麼得意也沒用吧？」

斧乃木聳了聳肩。

看不到表情反而覺得她情緒豐富，真奇怪的孩子。

「如果鬼哥真的、真的真的以為道歉就可以得到原諒，我可以告訴你，這種想法太天真了。姊姊確實決定暫時放過即將變成不死怪異的你，不過這始終是姊姊短期的基準。依照正弦的基準，即使鬼哥現在沒化為吸血鬼，只要曾經化為吸血鬼一次，就是該除掉的對象。」

「啊啊，無害認定不管用是吧？」

「或許是無害認定反倒管用。可能正因為認定無害，臥煙小姐網路裡的成員不能出手，他才會摩拳擦掌認為非得親自出手。」

「…………」

大概是「制裁法律無法制裁的邪惡」這種立場吧。

這麼一來，我真的被當成大壞蛋了。

「何況鬼哥再怎麼磕頭道歉，再怎麼丟臉求饒讓他失去殺意，也別忘了前吸血鬼的幼女現正待在鬼哥的影子裡。即使鬼哥僥倖、走運得到原諒，忍姊也不可能，絕對不可能。啊啊，不過或許也可以將前姬絲秀忒·雅賽蘿拉莉昂·刃下心這個前怪異獻給正弦，讓他只放過你一馬。」

「……斧乃木小妹，如果是反過來就算了，但我不會這麼做。」

我說。

實際上，要不是我的手正在揪裙子沒空，我想我已經揪住斧乃木的衣領了。她這個構想才叫做離譜。

「我想也是。鬼哥捨不得交出我，更不可能交出忍姊。」

斧乃木似乎也是明知如此而這麼說，很乾脆地退讓。

「不過鬼哥，這麼一來，你的說法和以前沒有兩樣喔，完全沒長進。平安搶回三個人質，而且不交出我或忍姊，而且自己也要得救……不可能吧？就像是痛快吃大餐之後不想付錢。」

「…………」

「任何人想達到某些目標都必須付出代價，對吧？比方說，鬼哥過度仰賴吸血鬼之力、不死之力的代價，就是失去『人類屬性』。鬼哥要是沒有從中學習到任何東西，今後將會老是賴帳，並且在最後失去一切喔。」

斧乃木這麼說。

說得好沉重。

對於現在的我來說，這番話不只是沉重的程度。

「不過，我總覺得露內褲的妳講什麼都沒什麼說服力。」

「但我覺得我現在露內褲，百分百是鬼哥的錯。」

「不可以怪別人。」

「在這種狀況，我不怪鬼哥要怪誰……總之，完全成為大人也很無聊吧。鬼哥，既然這樣，我想提一個替代方案。」

「替代方案？」

「鬼哥不用當誘餌。不，如果你堅持想當誘餌就當吧。總之先神不知鬼不覺接近過去，然後我突然發動『例外較多之規則』攻擊正弦就好，出其不意。之後再慢慢救出三個人質就好。」

「那個……」

挺不錯的方案。

不用溝通，也沒有交涉的餘地，這方面的理念和我的方案相同，不過使用這個方案可以在一瞬間解決。

即使正弦想好應付斧乃木的對策，如果我們偷襲成功肯定可以破解。

只是……

「在這種狀況，正弦會怎麼樣？只會受傷？」

「會死。」

「我想也是！」

「不行嗎？他綁架三個女生耶？我覺得被打得灰飛煙滅是正當的報應。」

「不……一般來說不能這樣吧？不只是不能這樣，也做不到吧？這樣會變成殺人犯，要是做出這種事，我真的再也不是人類了。」

再也不是人類。

我回憶忍野曾經說的這句話，對斧乃木這麼說。

「不過人即使殺了人，依然還是人。總之我不討厭這種和平的價值觀，而且這是必備的價值觀。我很高興聽你這麼說。」

「嗯？」

「我說，我很高興聽你這麼說。好啦鬼哥，該放開我的裙子了吧？下半身好涼，我快感冒了。」

「身為憑喪神與式神的妳會感冒？」

「不會感冒，但是會覺得快要感冒。而且真要說感不感冒，我對一直掀我裙子的鬼哥相當感冒。」

「這樣啊。」

聽她這麼說就覺得確實如此，而且我終究也快對自己感冒了，所以我放開斧乃木的長裙，也不再拉她的裙子。

不過事後回想，我覺得我這時候不應該放開。

絕對不應該放開斧乃木的燈籠裙。

無論她怎麼說都不應該放開。

不應該放開如今受到貝木強烈影響的斧乃木。

不對，就算不提這一點，斧乃木接下來打算採取什麼行動也顯而易見。

即使如此，我卻依照斧乃木的要求，放開了她。

017

最後再稍微說明一下北白蛇神社。

這裡原本是這座城鎮唯一的神社，維持周遭區域的靈力穩定。我這個外行人完全不知道也猜不透「靈力穩定」是什麼意思，總之目前明白那裡可以將怪異或妖怪之類的東西維持在「不失控」的狀態。

不過，北白蛇神社逐漸無法發揮這個功能。隨著時間流逝，該處不再被人們當成神社而信仰，建築物如同空殼，荒廢至極，反而成為靈力的「氣袋」，等同於廢墟。

我依照忍野的吩咐，首度造訪這座神社，造訪這座神社廢墟時，連鳥居都搖搖欲墜。

「不忍卒睹」就是在形容那種狀況。

而且在當時，別說可以維持靈力穩定，甚至成為擾亂周邊靈力的髒東西聚集地。由於這座神社廢墟位於城鎮中樞，導致城鎮本身的靈力可能被擾亂。

之所以變成這樣，是因為我影子裡的怪異——姬絲秀忒・雅賽蘿拉莉昂・刃下心造訪此地。

她似乎是從外國來的，所以算是來日？

別名怪異之王、怪異殺手，鐵血、熱血、冷血的吸血鬼來訪，大幅擾亂這座城鎮，如同亂流般擾亂。而且亂流的中心就是失去功能的神社廢墟。

忍野交付我的任務，就是封住這個亂象。我來到這座神社貼上一張符咒。現在回想起來，那張符咒真的過於神祕，根本令人摸不著頭緒。

從我的角度不知道那張符咒效果如何，但忍野說我防止了妖怪大戰爭。

不過，問題在於之後。

之後，化為廢墟的這座神社重建了。身為一介高中生的我，完全沒立場知道其中經過什麼樣的政治角力，總之神社重建了。

神社供奉了新的神。

原本預定任命忍擔任這裡的神，這應該也隱含要她負責任的意義吧，不過計畫在這時候出了差錯。後來我才知道，出差錯的原因大致在我身上。

實際上，取而代之的新神待在這座神社時，城市很和平。我是這麼認為的。如果

「和平」的意思是「完全沒發生事件」，那就確實和平。不過在這個月，這個神被某個騙徒害得回歸為人類。

只有建築物變得乾乾淨淨。

如今，我終於抵達這個再度變得空空如也的神地、再度變成空殼的神社。千辛萬苦登山之後終於抵達。

依照預定計畫，應該要抵達神社後方才對，不過走在山林裡果然沒辦法筆直行進，我們從完全不同的角度登頂。

具體來說，是在神社側邊約九十度的位置登頂。

如果是普通的登山，這樣只能說毫無計畫可言，甚至是應該立刻下山的重大疏失，不過從這個角度抵達神社境內也有好處，就是可以從側面觀察神社。

我與斧乃木可以從映入眼中的光景理解狀況。

我的夜視力，至少我現在的夜視力不是很好，視野在這樣的深夜不太清晰，不過我直到剛才在伸手不見五指的地方行走，光是來到看得見天空，沒被樹木遮蔽的神社境內，我就明顯感覺看得很清楚。

「那就是……正弦？」

手折正弦。

人偶師的……專家？

我看向斧乃木。

「嗯。」她點了點頭。「不過髮型和上次見到的時候不一樣。」

「是喔……」

手折正弦這號人物，居然該遭天譴地坐在神社的香油錢箱上面，而且是盤腿而坐。不只如此，他還在摺紙人玩，絲毫不避諱。我雖然說他該遭天譴，不過神看到他這樣也可能佩服他的膽量，失去發動天譴的意願吧。他的調皮模樣令人不禁想放過他。

不過，這座北白蛇神社現在再度沒有神了。

正弦在摺紙人。

摺出下半身的褲裙之後就連結起來，放進香油錢箱。

接二連三放進去。

我不知道這是在做什麼，不過即使神不發動天譴，這座神社現在的管理員應該也會生氣。

「……他那樣難道是在計算時間？香油錢箱裝滿紙人就算時間到……」

「鬼哥哥居然知道呢，挺敏銳的嘛。是的，那就是世間所說的正弦定理之一——摺紙時鐘。」

「正弦定理……世間會說這種東西？聽起來挺帥氣的就是了……」

大概也有余弦定理吧。

話說雖然意外……或者只是我完全沒想像過，不過手折正弦是外表年輕，線條柔和的男性。

如果只說年齡，我一直以為他和影縫或忍野差不多大，套用現代的說法就是三十前後，但他肯定更年輕。

肌膚白到像是生病，穿著用色質樸、設計質樸的服裝。如果將貝木穿的黑色西裝形容成喪服，正弦的服裝就像是死人的壽衣。

「那個傢伙總是那身打扮？」

「……不。」斧乃木說。「記得他的服裝應該更時尚……不過服裝也和髮型一樣，沒人會一直維持相同的品味。」

「是喔……哎，說得也是。」

「何況正弦特別愛打扮。」

「…………」

如果他愛打扮，那套像壽衣的服裝品味也太差了。不過比不上貝木的喪服。

所以斧乃木也感到納悶吧？

這麼說來，忍野曾經在進行和神有關的儀式時穿神主的服裝，或許正弦那樣也是相同的意思。畢竟這裡是神社，不過在這種狀況，如果是我穿壽衣過來還可以理解，但為什麼是正弦穿？

他繼續摺紙人。

放進香油錢箱。

反覆這樣的動作。

「……從這裡看不出那個香油錢箱多久會滿……不過應該可以認定時間什麼時候結束也不奇怪吧。剛才登山花太久時間，現在快天亮了，應該沒什麼時間在這裡繼續觀察與考察。」

「快天亮是嗎……不過這樣或許對鬼哥比較好。畢竟夜晚在即將天亮的時候最黑，比起日本常說的『丑時三刻』，吸血鬼在這種時候或許更占優勢。」

「原來如此。」

「也就是蠟燭快燒完的時候燒得最旺。」

「別這樣比喻。」

我會想起妹妹的男朋友。

「不過，我現在的吸血鬼屬性，只限於鏡子照不出來吧……對喔，還有，只要想著羽川的胸部祈求治癒，回復力也還不錯。」

「我不太想承認這是高貴的吸血鬼力量……說得也是。不過說來諷刺，愈是這樣提升不死屬性，愈會成為正弦擅長的領域。」

斧乃木說得很諷刺。

不，因為語氣平淡所以不諷刺，但我覺得諷刺。

怎麼回事？這時候應該說「想著斧乃木的胸部祈求治癒」比較好嗎？女生真難懂。也可能是男生太笨了。

「那麼，正弦不擅長的領域是什麼？」

「天曉得，果然是單純的暴力吧。使用神祕力量的人，其實意外不擅長應付單純的力量。好啦，鬼哥，雖說夜晚在即將天亮的時候最黑，但是既然看不見那個摺紙時鐘的極限，最好還是趕快行動。既然不採用我剛才那幾個提議，你打算用那個陽春的誘餌作戰對吧？」

「……我是這麼打算的。」

不過聽她形容成「陽春」，我差點失去幹勁。

「那麼，我現在繞到原本預定的目的地——神社後面吧，然後找出應該在祠堂的三個女生，扛著她們使用『例外較多之規則』一溜煙逃走，這樣就行吧？」

「嗯，對。」

「你的妹妹們以及神原小姐，我基本上都是第一次見面，她們被我扛起來的時候可能會抵抗，我在這種狀況可以讓她們閉嘴嗎？」

「當然……慢著，就算要讓她們閉嘴，也不表示可以取她們的性命喔。」

我如此補充以防萬一，然後詢問：

「妳在山中行軍，再度繞到神社後面，大概需要多少時間？」

「一個人的話很快喔。剛才花好幾個小時才攻頂，是因為鬼哥扯後腿。」

「居然說我扯後腿……」

「也可以說是扯裙子。正如字面的意思。」

既然她想說的是字面的意思，我覺得就這麼扯後腿也無妨，總之不提這個。

「不過，要是三個女生不在祠堂裡就另當別論。如果得在神社境內找她們，就需要不少時間。以鬼哥的感覺，希望你先和正弦交談五分鐘，如果這五分鐘沒看到我像是火箭升空，沒看見從地面飛向天空的反向流星，就代表她們不在神社裡。」

「…………」

「哎，到時候我當然會在神社境內找看看，不過若是這種狀況，我覺得人質肯定不在這座神社，而是被關在其他地方……如果是這樣，我會從側邊帶著鬼哥飛走。」

「咦，為什麼？在這種狀況，非得從正弦那裡問出關人質的地方吧？」

「錯了。在這種狀況，代表正弦單方面開出條件卻說謊。這種違反規則的做法是專家的大忌，蠻橫不講理。」

「蠻橫不講理……」

「換句話說，鬼哥，他這麼做反倒是幫了我們一個忙，幫了大忙，甚至可以向正弦道謝。一旦變成可以不擇手段，臥煙小姐將會全面協助。如你所知，臥煙小姐的行事宗旨是維護業界的秩序，所以即使正弦不在網路內，臥煙小姐也不會原諒如此蠻橫的行徑。」

「……原來如此。哎，臥煙小姐應該會這麼做吧。不過……」

「嗯，正弦也明白這一點，所以肯定不會冒犯臥煙小姐的主義，肯定不會惹火她。」

「不過正弦抓了神原駿河，她是臥煙小姐的可愛外甥女耶？」

「神原不是姓臥煙，所以正弦應該不知道喔，只知道她左手是猴手。哎，不過……到頭來，斷絕關係的外甥女被綁架，臥煙小姐也不一定會生氣……」

斧乃木刻意沒說完，不過應該是這樣吧。臥煙小姐重視友情，不過她的重視程度太沉重了，隱約有種無機、無情的感覺。

雖然不會冷漠，卻隱約缺乏溫度。

以單位來衡量友情。

備受她照顧的我講這種話或許才無情吧，不過這是我率直的感想。

「……那麼，還是可以預設她們在祠堂裡吧。畢竟應該沒有其他地方可以安全隱藏三個年輕女孩。」

感覺藏在山上或草叢裡也可行，不過會有被蛇咬的危險，稱不上安全。

「說得也是。那麼鬼哥，作戰開始。鬼哥努力發揮講廢話的技能，吸引正弦的注意力五分鐘吧。」

什麼叫做「講廢話的技能」？

沒這種技能。

我還沒這樣吐槽，斧乃木就消失在樹叢裡，這麼一來我也沒辦法繼續偷偷摸摸，必須出現在那個人面前，方便斧乃木在祠堂找人。

「汝這位大爺。」

此時，影子裡傳來聲音。

是忍。

「話說在前面，比起被抓之三人，吾更重視汝這位大爺許多，而且不太希望汝這位大爺以人類身分過著人類該過之生活。」

「…………」

「汝這位大爺化為吸血鬼，吾亦不抗拒。如果是汝這位大爺自願，吾當然會極力陪伴，但要是汝做不到，吾亦不會堅持。若是汝這位大爺接下來爭取時間失敗，可能會被名為正弦之傢伙殺害，吾將在這一瞬間吸汝這位大爺之血，即使強行架住亦要吸。吾會讓汝這位大爺化為吸血鬼、化為不死之身，打贏這場戰鬥。要由吸了汝這位大爺之血而提升威力之吾代打亦可。」

忍這麼說。

「即使汝這位大爺因而更加失去人類屬性，亦和吾無關，絲毫無關。」

「…………」

知道了。

我如此點頭示意。

我覺得她在這個時間點講這種話真是不錯的威脅，也是一種激勵。這麼一來我賭氣也要講廢話爭取時間了。

總之，拜託別說這是技能。

我至今和很多人講廢話或閒聊至今，所以就和那個專家暢談一下吧。

「在看哪裡啊？我在這裡！」

我走出草叢大喊。

這是男人一輩子都想說一次的台詞。

018

「……嗨。該這麼說嗎？總之，嗨。」

彼此首度見面，處於對立的構圖時，正弦做了這個懶散的問候，語氣聽起來似乎不耐煩。他轉向這裡，即使我突然現身也似乎不太驚訝，對我這麼說。感覺我剛才的台詞徒勞無功。

看樣子，即使我抱著斧乃木從上空出現，或是從正面爬階梯鑽過鳥居出現，他的反應也沒什麼兩樣。該怎麼說……他的態度缺乏幹勁，有氣無力。

不對，與其說有氣無力，應該這麼形容。

如同抱病在身的憂鬱。

「你是阿良良木曆小弟……吧？」

「……嗯，沒錯，我是阿良良木曆。」

我說著緩緩接近他，同時思索怎樣的距離最方便交談。

距離太遠當然不方便交談，但是距離太近也可能會引起對方警戒。從我認為適當的距離再遠一點，應該是真正適當的距離吧。

「你是手折正弦……這樣就好吧？」

「若要說好還是不好，當然是好……我是手折正弦基本上不會不好。阿良良木曆小弟，你一個人來？」

「嗯，如你所見，不是兩人或三人。」

說謊令我過意不去，不過斧乃木確實正在分頭行動，忍目前沉在影子裡不動聲色，我說只有我一個人來應該不算說謊。

即使將我算成「一個人」也肯定沒錯。

「這樣啊……余弦還好嗎？她受到不能走地面的詛咒，走這條山路應該很辛苦吧。即使像是忍者走樹上，應該還要一小時才能抵達……」

詛咒？

不能走地面的……詛咒？

咦？

影縫不是基於嗜好那麼做？

「你說『詛咒』……」

我一邊說一邊接近，直到看得見正弦盤腿而坐的香油錢箱內部。不，再怎麼樣也一定要從正上方才看得到內部，不過我看到從香油錢箱微微「冒出來」的紙人手臂。

喔喔……居然這樣。雖然從遠處看不到，不過摺紙時鐘快滿了。要是和小扇閒聊再久一點，那個時鐘就會宣告時間結束，真是驚險。

正弦看到我來就不再摺紙人……不過他摺紙的速度好快。

放在神原房間壁龕的千紙鶴，應該可以認定是預先準備的，不過既然紙人是摺紙時鐘的系統，那麼應該都是他當場摺的……短短幾個小時，摺出來的紙人居然就多到可以裝滿香油錢箱。

但他看起來不像是摺得很快的人……

「是什麼意思？影縫小姐中了詛咒？」

「余弦與我就是背負這種詛咒喔。一輩子不能走地面的詛咒，如同孩童們的遊戲。」

「……你也是？」

不，確實如此。

聽他這麼說，就發現坐在香油錢箱的他沒踩著地面，即使我現身也沒有離開箱子走向我。

和影縫的立場相同。

然而……

「套用神社這種環境簡單說明，就是不能走在參拜道路的正中央……大致像是這樣。啊啊，不過『詛咒』是被害妄想嚴重的說法，以施加這個限制的一方來說，應該只算是還債吧。我與余弦求得過於沒有自知之明的東西，因而付出這樣的代價。」

「這……」

比方說，像是我過度亂用吸血鬼不死之力，導致鏡子照不出我……類似這樣的代價？因為過於接近，所以被拉過去……換句話說，就是代價。

既然這樣，這個男性與影縫得到的過當事物……是什麼？

不，等一下。

我剛才不是問「這種事」。而且，如果這是原因……

「不，不對。不是這樣。」

正弦說著搖了搖頭。

一副突然察覺某些東西的樣子。

「我並不是想和你閒聊才做出這種事。我之所以抓走你身邊的人，是為了除掉你這個怪異。」

「啊啊，說得也是……我也不是來和你交談的。」

我嘴裡這麼說，內心卻因為話題急速展開而著急。

因為實際上，我真的是來和正弦閒聊的。等待斧乃木趁這段時間找到三個女生，將她們救回來。

真要說的話，我想多聽聽關於「詛咒」的細節。

現在大致是什麼狀況？

大約經過多久了？

糟糕，斧乃木明明要求我拖延五分鐘，不過到頭來，我開始和他交談的時候沒有看手錶，這樣就不知道我和正弦交談了多久。

現在大約過了兩分鐘嗎？

不，這應該是高估，是我個人的期望，不過至少經過一分鐘嗎？但願如此。

「交出人質吧。這件事和那些傢伙無關吧？」

「無關？喂喂喂，你早就知道不是這樣吧？因為你重視的那些孩子，尤其是那個叫做月火的女生……不。」

總之，我說出這種時候該用的制式台詞，試圖爭取更多時間，但正弦依然在中途搖頭作罷。

「不對，也不是這樣。」

「…………？」

「阿良良木小弟，我想問一個問題，可以嗎？放心，並不是要拖延時間。」

正弦不知道想到什麼，對我這麼說。真的是「想到什麼」才這麼說。現在想拖延時間的明明是我才對。

啊啊，原來如此。換句話說，這是在拖延時間等待天亮，等待太陽出現吧。這麼想就可以接受了。即使夜晚在即將天亮的時候最黑，等到天亮就是早上了。到了早上，我的力量無論如何都會變弱……不，等一下。

這部分令我混亂。

正弦現在掌握到何種程度？

這簡直是絕佳的時機，是絕佳到絕壞的時機，但我覺得內含預先設計好的巧合與惡意。到頭來，正弦對於所謂的「時機」了解多少？

這傢伙知道現在鏡子照不出我嗎？還是說，他誤以為我現在餵血給忍，處於力量提升的狀態？是哪一種？

即使他知道影縫站在我這邊，但他知道我和影縫商量了什麼事嗎？

糟糕，早知道應該先好好思考分析這一點。如果正弦一無所知，我就可以假扮成強化肉體之後現身。

現在開始虛張聲勢還管用嗎？

如果真的要變更為這種路線，我剛才的登場也太平凡了……臨機應變或許勉強行得通？

「你想問什麼？」

無論如何，既然對方主動提話題，對我來說是求之不得。我毫不猶豫、佯裝平靜回應正弦的詢問。

「很抱歉，就算是我，有些問題也沒辦法回答喔。」

我姑且加入這種像是傲嬌的台詞，不過說出口就覺得意外地丟臉。

實際上，正弦面不改色，沒對我這番話起反應。

「我究竟為什麼在這裡？」

他這麼問。

這麼問。

「…………？」

咦？他說什麼？

警匪連續劇裡孩子被綁架的父母，接到綁匪電話時總是有問必答，我原本打算和這樣的父母一樣拚命拖延時間。不過這個問題過於出乎我的意料，即使在這個局面絕對不能沉默，我還是沉默了。

我究竟為什麼在這裡？

正弦沒有繼續多說什麼。

沉默的我也沒說什麼。不發一語繼續沉默。

不過，這股沉默只能由我打破。

「什麼意思？你為什麼在這裡……那還用說嗎？不，不是這樣，嚴格來說，我不知道你為什麼會在那裡，因為有各種可能性與模式。所以我沒辦法回答這個問題。但你自己不可能不知道吧？」

我說著逐漸激動起來。

或許這就是我還沒成為大人的證據吧。正如斧乃木所說。還不到小扇所說。

但我不曉得這是好事還是壞事。

「你為了待在那裡，為了像這樣坐在那裡，率先親自綁架我的粗魯妹妹、煩心妹妹以及棘手學妹吧？不要一副不知情的模樣裝傻，快放了她們……」

不行，我不能說這種話。

對方難得主動提話題，我卻按捺不住主動進入正題……我風靡一世的閒聊技能怎麼了？

我得冷靜。

我已經不是不依賴吸血鬼之力的人了。

我已經不是這種人類了啊？

「……啊啊，對了。對了。對了……是我。」

正弦說。

如同重病般說。

「我是凶手。」

「…………」

「如果你在意我一直坐著，我就站起來吧。不過阿良良木，阿良良木小弟，就算這樣，我還是不懂。我不懂要坐還是要站，無論坐立都不懂。我為什麼在這裡？」

「你……」

你講這什麼話？你瞧不起我嗎？我如此心想，卻不方便直接這麼問。因為正弦表情過於嚴肅，而且像是真的在煩惱，我沒辦法為了他瞧不起我而生氣。

他在煩惱。

如同哲學家。

如同厭世者。

或許形容成「憔悴」比較正確，如同過著好幾天沒睡的生活。總不可能因為一直摺紙而疲憊，究竟是什麼事令他累成那樣？

什麼事令他精疲力盡到像是死人？

「不懂。我不懂。」

「……『不懂』是怎樣？你說的『不懂』是什麼意思？以為像這樣講得含糊籠統暗藏玄機就可以嚇壞我嗎？我啊……」

我一邊講得像是在生氣，一邊心想要是這樣該有多好，甚至希望最好這樣。如果正弦這個專家嚴加提防我，就代表他誤會了。他誤解了我這個軟弱的人類。

「如果要我這個不知道詳情的人不負責任回答你，那麼你是為了除掉我而位於那裡，如此而已。對吧？」

「對。」

他對此很乾脆地點頭。

「但我不懂。」

「不懂什麼啊！」

我終於沒好氣地大喊。

「我除掉你的理由。」

他說。

混亂程度終於有增無減。不對，正弦除掉我的理由很明確吧？影縫對我說明了好多次。

「我確實是專家，專門對付不死怪異的專家，是離群之馬，比邊緣人還要邊緣人，動機不是思想而是私怨，無害認定不管用，只有審美意識是獨當一面的專家。阿良良木，我站在你這種例外存在的另一邊，堪稱是最佳選角。」

「…………」

「對，『選角』，我不得不覺得這是選角。我覺得我只不過是剛好適合在這裡像這樣和你交戰，才會獲選成為這個角色。我覺得我只是因應需要位於這裡。不對，不只是我，余弦也是，余接也是……」

正弦的這段低語如同獨白，我無法體會他的心情。應該說這我才真的不懂。這傢伙在說什麼？

不對。

如果硬是思考未必不懂。

要是對照我自己懷抱的噁心感，我不就也覺得正是「如此」嗎？

時機。

正是時候——正不是時候。設計得過度巧妙的這種鋪陳，不就令我這麼認為嗎？

鏡子照不出我的這一天，就在這一天，專精不死怪異的專家就綁架我的妹妹們。

發生得正不是時候的這種事件，要解釋為巧合也過於完美。

所謂的巧合，大致上都是源自於某種惡意。我將這句話所說的「惡意」解釋成正弦，解釋成手折正弦依據的原則。我不禁這麼心想。

不過，如果正弦和我懷抱同樣的噁心感，那麼惡意究竟源自哪裡？

這份惡意是誰的惡意？

「正弦，你是專家。不是某某獵人，是專家。換句話說，是因為有委託人而行動吧？」

小扇是委託正弦的幕後黑手。我回想起斧乃木的這個假設這麼說。沒錯，雖然我位於這裡是因為正弦找我過來，但正弦位於這裡是因為某個委託人……

「有委託人。要說有當然有。不過感覺委託的理由也是捏造的……不對，是『湊巧』調整到恰到好處。委託人就像是用來打造這個完美鋪陳，打造這個狀況的演員。」

「…………」

「神不擲骰子，但我覺得像是被某人擲骰子玩，感覺我的個性、我的嗜好被當成某種材料利用。阿良良木小弟，你不也是這樣嗎？你不是『逼不得已』，也就是被迫站在那裡嗎？至少我是這樣。」

正弦憂鬱地這麼說。

他是線條柔和的男性，這種憂鬱氣息合適得像是量身打造。

但他這番話大致來說不適合這個狀況，無法讓我接受。這是當然的，胡扯。

「『逼不得已』是什麼意思？意思是你逼不得已綁架我重要的人嗎？」

「你才是因為現在該生氣而生氣吧？這不就是基於角色的職責而生氣嗎？你和我哪裡不一樣？彼此都只是做好該做的事情吧？各自依照所處的立場，盡到自己的職責。我們不被允許即興演出。」

「這是怎樣……你的意思是說這個世界是舞台，我們都只不過是演員？用這種取巧的莎士比亞台詞……」

「世界不是舞台。就算這樣，人們依然重視故事性，不是嗎？對……人們尋求著戲劇性吧？如同尋求著營養。不過這齣戲過於完美，像是刻意造假，令人提不起勁。像是被迫打一場假比賽。沒有任何戲劇比被迫演出的戲劇還要冷場。」

「……你想表達什麼？真的是莫名其妙。總歸來說，你要我怎麼做？」

「怎麼做？」

「你抓了人質，應該有某種要求吧？意思是要我乖乖被殺？這樣你就會放走她們嗎？」

我的工作是拖延時間，所以我至今一直避免確認人質安危，避免確認她們是否平安，但我達到極限了。終於達到極限了。

想到她們的生殺大權掌握在這種莫名其妙的傢伙手上，光是這樣就令我渾身寒毛直豎。

「很遺憾，我沒這麼卑鄙……如果我不是將那些女孩當成交易工具，而是當成威脅工具，如果我這個人的審美意識這麼差，我肯定不會獲選在這裡飾演角色吧。因為臥煙前輩不會坐視。」

他這麼說。

他將臥煙稱為「臥煙前輩」……稱為「前輩」。

即使是位於網路之外的離群之馬，他依然如此稱呼。「前輩」這兩個字的意思當然是見仁見智，他這麼說或許只是挖苦。不過「前輩」基本上應該是懷抱仰慕之情的稱謂吧。

「阿良良木小弟，找出忍野。」

正弦說。

極為唐突，毫無徵兆就這麼說。

「那個傢伙肯定不會被任何人利用，可以從選角範圍之外的中立立場介入劇情保持平衡吧。只有那個傢伙做得到這種事。貝木之前似乎將劇情大幅擾亂，再度將這座神社放空，不過他太彆扭了。貝木以不規矩的形式，將事件處理到規矩無比，彆扭過度而變得率直。所以非得是忍野才行。」

「……忍野他啊，我不知道找多久了。」

猜不透正弦意圖的我如此回答。這不是謊言，發生千石那件事的時候，我全力尋找那個夏威夷衫大叔，羽川甚至走遍世界找他。

即使如此，還是沒有一絲線索。

如同已經死掉一樣音訊全無。

「不，如果他死掉，反而查得出一些線索吧……對喔，這麼說來，正弦，聽說你是忍野的朋友，那麼你該不會知道忍野現在的下落吧？」

「如果知道，我就用不著待在這種地方，用不著做這種事了。用不著做這種規矩的事。用不著規矩。」

他這麼說。

手折正弦再度動起靜止的手，摺起紙人。他的手巧到嚇人。我還在思考如何回應他這番話，他就連紙人的褲裙都摺好了。

他將紙人放進香油錢箱。

但是，已經放不下了。

紙人浮在箱子上。

摺紙時鐘滿了。

「那麼，該開始了。應該說該結束了。」

手折正弦說著站了起來。

站在香油錢箱上。

盤腿而坐的樣子就相當傲慢，不過身高絕對不算矮的他一起身，就再也沒辦法以這種角度看他。不是傲慢或該遭天譴，只是一個站在香油錢箱上的人。

看起來只像個普通人。

「呼……」

正弦雙手拿著摺紙擺出架式。

紙已經摺好了，兩張都是手裡劍。如果這是他的武器，那也太瀟灑了。

不行了嗎……我心想。

我自認和他聊了很久，即使已經超過五分鐘也不奇怪，但我沒看到斧乃木突破祠堂飛走的光景。我不可能看漏，而且神社也不大，換句話說，那三個女孩不在祠堂裡？

無論如何，拖延時間的作戰結束了。

非開打不可。

該怎麼做呢？想辦法在神社境內到處逃就行嗎？

如果我撐不住，我希望至少讓忍逃走，但忍自己已經拒絕我這麼做……

「正弦，等一下，聽我說……」

「我不等了。我厭倦了。」

我垂死掙扎也不管用，正弦說完就張開雙手。張開雙手？我不懂。他為什麼要擺出這種破綻百出的姿勢？

在引誘我？

不過就算這樣，很抱歉，我現在的戰力不足以接受他的引誘。

「像是棋子被分配、被移動，像是棋子般表現……我受夠了。我不想幫你成為吸血鬼。」

他愁容滿面地這麼說。

這番話不是對我說的。他對我說的只有剛才也說過的那番建議。

「阿良良木小弟，找出忍野吧。如果找不到，你就只能『照規矩來』。只能取得，並且失去。」

「……正弦，如果你想告訴我什麼事，可以講得更清楚一點嗎？我很遲鈍，你講得拐彎抹角，我也聽不懂。如果你要拜託我什麼事……」

抓人質的真正理由。

如果你想說這個，就講清楚吧。

「麻煩清楚拜託我吧。」

「我不會拜託你任何事，因為……你是人類。」

「…………」

「所以說，我拜託的……是『妳』。」

正弦說到這裡，淺淺一笑。

這是自虐的笑容，我不覺得這種笑容適合線條柔和的他。

「拜託狠心一點——貼心一點吧。」

正弦張開雙手。

靜靜地、非常溫和地，就這麼任憑背後門戶大開，這麼說。

「啊啊，順便想拜託一件事。這是我這輩子只有一次的懇求。妳最近好像覺得那句台詞很丟臉，所以再也不說了，但我想在最後再聽一次。我很喜歡喔，喜歡面無表情的妳想假裝表情豐富的那句台詞。」

「收到。」

香油錢箱的正後方。

祠堂裡傳來這個聲音。

「『例外較多之規則』——我以做作的招牌表情如此說著。」

這是狠心，應該也是貼心吧。

肯定連一瞬間都沒感覺到疼痛。

斧乃木余接的食指穿破祠堂的門，就這麼膨脹、肥大，一指貫穿手折正弦。

不對。

是灰飛煙滅。

他線條柔和，彷彿枯枝的軀體，連同像是壽衣的服裝消滅。明明不是被高熱焚燒，卻像是沐浴在陽光下的吸血鬼消失。

連一滴血都沒噴。

居然只以打擊就消滅一整個人，這是撲朔迷離的奇怪現象，而且就只是怪異現象。

面無表情佇立在祠堂裡，豎著食指的斧乃木，就是最好的證明。

式神奧義的……正確用途。

「咦……啊？」

發生什麼事？

手折正弦如同變魔術般消失使我不知所措，但我非常清楚，被迫得知發生了什麼事。我只是不願意理解罷了。

不過，斧乃木無情地對我說：

「殺掉了。」

「…………」

「以最強的威力，在極近距離出招。鬼哥不用在意，我是擅自這麼做的。鬼哥明明要我別殺，我卻違抗命令，擅自殺了他。」

「為……」

為什麼殺了他？我很想這麼問，但我腦袋空白說不出口。不對，斧乃木殺他的原因很明顯。

是為了保護我。

是為了保護人質。

我沒資格對此激動。

「錯了，鬼哥哥。如果是為了保護、為了拯救，肯定有不殺他的方法。但我還是殺他了。因為……」

斧乃木這麼說。

面無表情這麼說。

「我是怪物。」

「……斧乃木小妹。」

「鬼哥，不要變成這樣喔。要是人類變成這樣的怪物……就完了。」

019

接下來是後續，應該說是結尾。

隔天，我被火憐與月火兩個妹妹叫醒起床……當然不可能。因為我確實將她們兩人塞回神原房間的被窩裡恢復原狀。

我當然也把神原放回旁邊的被窩。肯定沒錯，是旁邊的被窩。

在那之後，我們在祠堂裡怎麼找都找不到她們三人。斧乃木並不是打從一開始就打算那麼做。她依照吩咐、依照計畫、依照討論，先著手找她們三人。

但是找不到。

這也是當然的。阿良良木火憐、阿良良木月火與神原駿河並非被關在祠堂。就算這麼說，她們也不是被藏在某個草叢裡。那座山有各種蛇出沒，正常人不可能將女生囚禁在這種危險的地方，這一點正如我的預料。

正常人基本上不會綁架，而且……也不會將人藏在香油錢箱裡吧。

是的，三人被摺疊起來，塞進那個香油錢箱。難怪紙人那麼快就滿出來，摺紙時鐘一開始就被灌水。

這麼說來，我以前也被影縫摺疊過，她們也像是那樣被整齊摺好，放在香油錢箱裡——睡在香油錢箱裡。

睡在裡面。

換句話說，她們沒有意識。不過如果是正常在晚上就寢，無論是神經再怎麼大條的人，被搬到這裡又被摺疊起來應該不可能不會醒，所以應該是正弦使用某種特殊手法讓她們熟睡吧。這也是一件值得慶幸的事。

總歸來說，她們就這麼一無所知，在夢鄉一無所知就度過這個夜晚。雖然這麼說，無論是以哪種手法讓她們睡著，應該也無法承受氣壓不同的高空飛行，因此斧乃木背著火憐與神原，我背著月火，沿著階梯下山。

我們在階梯途中和影縫會合……不過影縫在樹枝上，形容成「會合」似乎有些牽強。

話說，她真的是在樹枝上趕路……

想到這種看似愉快的行為不是興趣而是詛咒，我的看法也改變了。不過影縫似乎還不曉得我得知這件事。

她只對斧乃木直截了當這麼問。

「下手了？」

「嗯。」

斧乃木也簡短點頭，如此而已。

下手了。如此而已。

因為確實也只有發生這件事。

「我沒辦法當苦力。」影縫睜眼說瞎話之後前往山頂。正弦已經連形影都不留了，但她身為式神的主人，大概是非得處理某些善後吧。

絕對不是因為不想背人就逃走。

後來，我在阿良良木家門前和斧乃木道別。太陽在這時候升起，而且即使沐浴在耀眼的早晨陽光中，我也沒有消失。

「太好了呢，鬼哥哥。總之鬼哥的身體似乎不會被陽光消滅，你還是可以走在陽光下。」

斧乃木只說完這段話，就朝著山的方向徒步返回，大概要回到主人身邊吧。之所以沒有使用「例外較多之規則」跳走，或許是對我的一種貼心。

最後，我一直找不到機會向斧乃木道謝。既然她救了我的命，我應該向她說聲謝謝才對。

但我說不出任何話語。

她殺了人，所以我說不出感謝的話語。

她救了我，所以我說不出責備的話語。

雖然覺得不能這麼做，不過也覺得要是能在這時候責備殺了正弦的斧乃木，我不曉得可以多麼舒坦。

但我不可能這麼做。

不可能做得出這種事。

接納忍進入影子的我不可能責備她，身為人類的我做不到。

她是怪物，所以殺了人。

如此而已。

但我隱約覺得或許再也見不到斧乃木了。說到這次的事件是什麼樣的物語，說到正弦獲選「演出」的本次物語是什麼樣的物語，我覺得就是讓我目擊可愛的寵物人偶斧乃木余接以怪物身分殺人的物語。

即使大腦理解，卻不免在生理上產生厭惡，使我對她的看法改變的物語。

糊裡糊塗，不知不覺。

相互掩飾，相互欺騙。

讓我與斧乃木余接建立的和睦關係產生裂痕。這就是那個「闇」的目的吧。

繼八九寺真宵、千石撫子之後，將斧乃木余接抽離我身邊。

正弦沒抗拒為此喪命，甚至自暴自棄地任憑擺布。

就是這麼回事。

就是這樣。

「來，情人節巧克力喔！」

上午的用功時間結束，今天下午要到民倉莊請戰場原教我功課。不過我抵達她家的同時，嘴裡就被塞了一顆巧克力。

「怎麼樣？好吃嗎？好吃嗎？曆曆，好吃嗎？」

戰場原笑咪咪地詢問。

這張笑容使我恍然大悟。對喔，今天是情人節。明明昨天就發現了，卻因為後來發生各種事而忘個精光。我如此心想，咀嚼嘴裡的巧克力。

「嗯，好吃。」

「嘻嘻，耶～」

羽川說著握拳振臂。

如果是一年前的她，就算拿刀抵著她脖子，她應該也不會擺這種姿勢吧。真的是想改變就能改變呢。

不，說到改變，其實我也一樣。我也沒有兩樣。一年前的我，非常討厭情人節或母親節這種慶祝的節日，總之很不擅長過這種節日，但現在不會了。總之，以人類這種群居動物來說，這應該是堪稱「成長」的變化吧。

只是在今天，我非得向戰場原說一個不該稱為「成長」的變化。不能稱為「成長」的變化。

「曆曆，快進來，巧克力還有很多喔。」

「還有啊……」

忍愛吃黃金巧克力，不過如果是單吃巧克力呢？腦中浮現這個問題的我，想到接下來必須對亢奮的戰場原講那件事，心情終究好沉重。

應該在開始用功之前先講這個話題吧。我心想。

「戰場原，其實……」

所以我在她端茶給我的時候開口。

「……是喔。」

戰場原聽完我的說明（鏡子照不出我的這件事，我已經在昨天說過了，所以她現在是聽完後續的事件，聽完該聽的部分）之後點了點頭。

開心的情緒終究從臉上表情消失，但她似乎沒有我預料的那麼悲觀接受。

「所以，一輩子不能照鏡子，會有什麼問題嗎？」

她這麼問。

「要說什麼問題……總之，被發現的話會引人注目吧？」

「如果只是這樣，應該無妨吧。因為就算鏡子照不出阿良良木，阿良良木也會一直映在我的雙眼。」

「…………」

我不知道這是否是很棒的台詞，但我至少知道戰場原在關心我、安慰我。

「總之……就算這麼說，如果確定是不治之症，也得考慮今後的狀況才行。你已經和羽川同學談過了吧？」

「她怎麼可能比妳先？而且我不知道該怎麼說……不想被她覺得笨……何況老實說，我不曉得自己今後會變成什麼樣子。即使現在只是鏡子照不出我，其實也無法保證今後只有這樣。就算不讓忍吸血，也可能因為某種契機瓦解平衡。」

「專家的診斷不可靠？既然這樣，要不要徵詢其他意見？」

「不，或許我的生活方式比較不可靠吧。我當然會想辦法考上大學……但我不知道我的日常生活，我可以一如往常生活的日子能持續多久。這是我唯一能夠確定的事。」

「可以一如往常生活的日子啊……」

戰場原複誦我這句話。

「阿良良木，貝木他啊……」

「嗯？」

她突然提到的名字嚇了我一跳。

至少戰場原是第一次主動提到這個名字。

「貝木他總是講這種話想耍帥。否定平穩的日常、否定一如往常的日子……那個傢伙完全不認為一如往常的日子或關係會永遠持續，大概是討厭自己的人生出現生活感吧。我也曾經覺得這種立場很帥，這是我的失敗……不過如果這種做法叫做帥，那我覺得阿良良木不帥就好。」

「…………」

「現在的羽川同學也會這麼說吧？那孩子也不像以前老是將『規矩一點』掛在嘴邊了。」

戰場原此時不惜提到貝木以及羽川也想傳達某些事，但我不知道自己聽懂多少。

不過，我知道戰場原想傳達某些事給我。

確實傳達了。

「……這麼說來，羽川那傢伙今天在做什麼？」

「天曉得……那孩子現在大概還在找忍野先生吧。看來有些事只有那孩子沒掌握到。」

「找出忍野……正弦也這麼說過，看來這部分最好也好好告訴羽川。」

肯定也有些事只有羽川知道。

這一點肯定沒錯。

所以無論如何，都必須找她談一談。即使到時候會惹她多麼生氣。

「所以我打算今天回去的時候順便找她談一談。」

「這樣啊，那我要拜託阿良良木一件事。」

戰場原說。

「請改成明天。」

她面帶笑容這麼說，但是語氣很強硬，這個願望的強制力超乎我的想像，所以我也把該傳達的事情傳達給她，在用功結束之後依照吩咐直接回家。

看向玄關的脫鞋處，火憐與月火似乎放學回來了。她們今天似乎是直接從神原家上學，總之，今天還沒見過她們呢。我剛回家，連一眼都不想見那種傢伙，不過最好還是看看狀況吧。雖然機率不高，但她們也可能在半夢半醒之間記得昨天的事。

「喂～小憐、小月。」

我久違地像這樣稱呼這對姊妹，沒敲門就突然打開她們的房間，然後凍結了。

她們兩人確實回家了。

不過，正在將制服換成居家服的她們身後，一具人偶靠坐在雙層床上。

面無表情，身穿燈籠裙的人偶。

正是斧乃木。

「咕哈！」

我跌跌撞撞撥開哇哇大叫的妹妹們，跑到斧乃木面前。

「這是在做什麼？」

「我待在抓娃娃機裡，被妹妹們抓到了。」

我輕聲詢問，她也輕聲回答。

「月火姊姊的功力比鬼哥哥好很多呢，投三枚硬幣就抓到了。」

「不，我不是要問這個……」

「本次事件的目的，是要讓鬼哥與我的關係出現裂痕。如果是這樣，就應該要違抗才對。這是臥煙小姐以及姊姊的判斷。在這座城鎮穩定之前，反倒要更加靠近、更加緊密地待在鬼哥身邊。所以要暫時受你照顧了。」

斧乃木面不改色這麼說。平靜、平淡、面無表情地宣布今後要坐鎮在阿良良木家的妹妹房間。

「呃……慢著，妳少胡鬧了！」

「哥哥，你在做什麼？不要跟我用自己的實力與錢抓到的人偶講話啦。」

「就是說啊，哥哥。受不了，哥哥真是長不大的孩子。」

「…………」

承受妹妹們批判的我搖晃斧乃木的肩膀，但她已經偽裝成普通的人偶了。

不對，不是偽裝，她本來就是人偶。

感覺影子裡傳出「活該」的聲音。

就這樣，哎呀哎呀。

不得安寧的日子看來還會持續一陣子了。

後記

有句俗話「最後笑的人笑得最大聲」，不過以我自己的方式解釋，這種狀況可能會變成「最後也不能笑」。還有一句俗話說「歡笑之家，福氣自然臨」，不過要是貿然亂笑，等在前面的或許不是福氣，而是災難。還有一句俗話說「談論明年事，連鬼都會笑」，不過這個鬼也不一定是最後笑的鬼，笑的鬼也可能在事後被嘲笑沒有先見之明，這是世間常見的狀況。「嘲笑一圓的人會因為一圓而哭泣」？這似乎也可以當成「最初笑的人會在最後哭」的模式。說到我講這些究竟想表達什麼意思，就是無論人生或是世界，沒人知道到最後會變成什麼樣子。像是穩定、永遠的平穩或是永遠的地獄，這種東西意外地不存在。不過，也完全無法保證「永遠」的長度比人生短。人生不曉得明天會發生什麼事，也不曉得明天不會發生什麼事。或許昨天的快樂會導致今天成為地獄，今天的地獄會為明天帶來天堂，這種狀況反倒總是發生呢。所謂的「最後」究竟什麼時候來臨？有句話說「結尾好就一切都好」，換句話說結果就是一切，這句諺語其實不是什麼好笑的諺語呢。

總之，以上是《物語》系列的第十三本，以面無表情不會笑的余接為主。十三本。感覺一直出個不停，不過這部系列當初當然沒有預定持續這麼久，應該說甚至沒有寫成系列作品的計畫，而是「回過神來就這樣了！」的感覺。各位或許覺得我終究應該會在中途發現，但我真的沒發現。我的心態依然和我寫第一篇短篇小說〈黑儀・重蟹〉的時候一模一樣，但是當然不能這樣吧。大致來說，「不變」和「一貫」是兩回事，這部分希望各位理解。我想在寫第一本的時候抱持寫第一本的心情，寫第十三本的時候抱持寫第十三本的心情。寫即將邁入系列結尾的物語時，當然也想抱持邁入結尾的心情。所以，阿良良木曆終於該算總帳了。本書百分之百是邁向終結的小說——《憑物語　第體話：余接・人偶》。

雖然首度亮相是在動畫，不過這次是斧乃木余接在原作小說第一次上封面。VOFAN老師，謝謝您。本系列只剩下《終物語》以及《續・終物語》兩本，從本書開始的最終季——物語終結三部曲，請各位多多指教。

西尾維新

作者介紹

西尾維新 (NISIO ISIN)

1981 年出生，以第 23 屆梅菲斯特獎得獎作品《斬首循環》開始的《戲言》系列於 2005 年完結，近期作品有《戀物語》、《難民偵探》、《悲鳴傳》等等。

Illustration

VOFAN

1980 年出生，代表作品為詩畫集《Colorful Dreams》，在臺灣版《電玩通》擔任封面繪製，2005 年由《FAUST Vol.6》在日本出道，2006 年起為本作品《物語》系列繪製封面與插圖。

譯者

哈泥蛙

專職譯者。好高騖遠的習慣總是改不掉，對於本作品的目標是「出書速度比動畫快」。可惜天不從人願。

書盒子

憑物語

（原名：憑物語）

作者／西尾維新　插畫／VOFAN　譯者／張鈞堯
執行長／陳君平　榮譽發行人／黃鎮隆
協理／洪琇菁　國際版權／黃令歡、梁名儀
執行編輯／呂尚燁　美術主編／李政儀
企劃宣傳／陳品萱
出版／城邦文化事業股份有限公司　尖端出版
台北市中山區民生東路二段一四一號十樓
電話：（〇二）二五〇〇七六〇〇　傳真：（〇二）二五〇〇二六八三
E-mail：7novels@mail2.spp.com.tw
發行／英屬蓋曼群島商家庭傳媒股份有限公司城邦分公司　尖端出版
台北市中山區民生東路二段一四一號十樓
電話：（〇二）二五〇〇—七六〇〇（代表號）
傳真：（〇二）二五〇〇—一九七九
中彰投以北經銷（含宜花東）／楨彥有限公司
電話：（〇二）八九一九—三三六九
傳真：（〇二）八九一四—五五二四
雲嘉經銷／智豐圖書股份有限公司　嘉義公司
電話：（〇五）二三三—三八五二
傳真：（〇五）二三三—三八六三
南部經銷／智豐圖書股份有限公司　高雄公司
電話：（〇七）三七三—〇〇七九
傳真：（〇七）三七三—〇〇八七
一代匯集／香港九龍旺角塘尾道六十四號龍駒企業大廈十樓B＆D室
電話：（八五二）二七八三—八一〇二
傳真：（八五二）二七八二—一五二九
馬新經銷／城邦（馬新）出版集團　Cite(M)Sdn.Bhd.
E-mail：Cite@cite.com.my
法律顧問／王子文律師　元禾法律事務所
台北市羅斯福路三段三十七號十五樓
二〇一五年七月一版一刷
二〇二三年九月一版三刷

■中文版■

郵購注意事項：
1. 填妥劃撥單資料：帳號：50003021戶名：英屬蓋曼群島商家庭傳媒(股)公司城邦分公司。2. 通信欄內註明訂購書名與冊數。3. 劃撥金額低於500元，請加附掛號郵資50元。如劃撥日起 10～14日，仍未收到書時，請洽劃撥組。劃撥專線TEL：(03) 312-4212 ・ FAX：(03) 322-4621。E-mail：marketing@spp.com.tw

國家圖書館出版品預行編目資料

憑物語 / 西尾維新 著；張鈞堯 譯.
—1版.—臺北市：尖端出版，2015.06
面 ； 公分.—(書盒子)
譯自:憑物語
ISBN 978-957-10-6010-1(平裝)

861.57　　104006071